JN131673
やる気なし
天才王子と氷の魔女の
花嫁授業
マリー・ベル
海月くらげ イラスト 夕薙

天才王子

ウィル・ヴァン・クリステラ

クリステラ王国の第七王子。
魔術学園の二回生。
学園長の推薦で入学を果たすが、
授業はサボりがちで、下級魔術すら
ろくに扱えない問題児。
その素行から周囲には「やる気なし
王子」と嘲笑されている。

氷の魔女

リリーシュカ・ニームヘイン

魔女の国・ヘクスブルフの留学生で、
別名『氷の魔女』。
水の上位属性・氷の上級魔術の使
い手。
他人に興味がなく、学園ではいつも
一人で過ごしている。
王国と魔女の国の友好の証として、
ウィルと政略結婚をすることに。

公爵令嬢
レーティア・ルチルローゼ
王国三大公爵家・ルチルローゼの令嬢。
ウィルとは幼馴染み。
成績優秀で魔術の研究に余念がない。
身体の一部が結晶化する魔晶症という
不治の病を患っている。
第五王子
フェルズ・ヴァン・クリステラ
クリステラ王国の第五王子。
ウィルとは異母兄の関係。
学園の五回生首席で、自身の影
響力を学園内で広げようと派
閥を形成している。
非常に狡猾で用意周到な性格。
学園長
ノイ・ヤスミン
クリステラ王立魔術学園の学園長。
ハイエルフの魔術師でウィルの師匠でもある。
その実力は魔術師の最高位・第十階級に
君臨するほど。
『天風森精』の異名を持つ。

CONTENTS

KEYWORD

クリステラ王立魔術学園

魔術の素養を持つ者のみが入学を許される王国一の魔術師育成機関。
六年制で貴族から平民まで幅広い生徒が在籍しており、他国からの留学生もいる。
広大な敷地には校舎のほか寮や決闘場、学園迷宮などが存在する。

現代魔術（ブリス）

単に魔術とも呼ばれる、現行で活用されている魔術のこと。
主に四大元素（火水風土）と属性変換しない無属性を基礎としている。
加えて、光・闇といった特殊属性や呪術、巫術、仙術など、
多岐にわたる魔力を媒介として事象改変を引き起こす術のことを指す。

同棲初日
「はぁ……さっぱりしたわ」
今日、散々聞いた声が部屋に響く。
まさかあいつが俺の部屋にいるわけがない。
そう自分に言い聞かせながら
恐る恐る声の方向へ視線を向けて。
「――この、変態ッ!!」

「……近い気がするのだけれど」

「婚約者ならこんなものだし、
ダンスなら自然だ。

まさかキスでもされると思ったのか？」

「……………違うわ」

やる気なし天才王子と
氷の魔女の花嫁授業（マリー・ベル）

海月くらげ

GA文庫

カバー・口絵　本文イラスト
夕薙

Prologue

「クリステラ王国第七王子たる我が息子、ウィルよ。王子の身分を捨てるか、魔女の国ヘクスブルフとの政略結婚を受けるか、はたまたわしの後を継いで王となるか——って、聞いておるか？」

「……ん？　ああ、聞いてる聞いてる。一言一句残らず耳に入っているが」

クリステラ王国王城、玉座の間。

あくびをして目を擦りつつ、ぞんざいに返す。

尊大な物言いで理不尽を叩きつけてきたのは玉座に腰かける国王——俺の父親でもあるゼフ・ヴァン・クリステラ。歳の割にしわが刻まれた男が、呆れたように眉間を抑えて唸っていた。

「馬鹿みたいに口を開けてあくびをするな！　まったく……立ったまま居眠りする奴がどこにおる。寝癖も直しとらん上にネクタイも首にかかっているだけだろう」

「気持ちよく昼寝してたとこを叩き起こされたからなあ……二度寝せず素直に来ただけありがたいと思ってくれ」

「それが王に対する態度か？」

「俺のやる気のなさは親父もよく知ってるだろうに」

今度は深いため息をつかれる。

王と王子の対談にもかかわらず、あるべきはずの緊張感はない。

「で、なんの話だ？」

「やっぱり聞いておらんではないか！　……もう一度だけしか言わんからな？　王子の身分を捨てるか、魔女の国と政略結婚するか、王になるか選べ。今ここで、だ」

「……部屋戻って寝なおしていいか」

「王位を継ぐということでいいんだな？」

「冗談は顔だけにしてくれ。将来の夢は一生働かず三食昼寝付きで生活すること……なんて掲げるろくでなしが国王はどう考えても無理だ。一夜で反乱が起きて国が崩壊する自信がある」

反乱の最後に俺は愚王として処刑されてしまうだろう。

俺はそんな未来を望んじゃいない。

「やる気を出せばよかろう。お前には一国を率いるだけの才能も、能力もあることをわしは知っておる」

「……出せるなら『やる気なし王子』として白い眼を向けられる生活にはなっていないだろうな。面倒だからどうでもいいが」

『やる気なし王子』。

それは第七王子である俺――ウィル・ヴァン・クリステラにつけられた蔑称だ。

俺は王子としての責務をまっとうすることなく日々を怠惰に過ごしていた。その末に囁(ささや)かれ始めた呼び名を王国で知らぬ者はいないだろう。

しかし、俺は自分を改めない。

正確には改められないが正しいのだが、俺の事情など関係なく、騒ぎたい奴らにとっては些末(さまつ)な問題だ。

「以前も似たような話をしたな。あの時は確か……放逐か、魔術学園に通うか、王子として公務をするか、だったか」

俺が思い出したのは二年前のこと。あの日も親父に呼び出され、三択の内から一番楽そうな魔術学園に通うことにしたのだ。

「学園でのことは耳に挟んでいるぞ。成績は常に最低辺ながら改善の兆しすら見られず『やる気なし王子』と馬鹿にされていることも」

「環境で人は変わらないことを示すいい例だな」

「実に嘆かわしい！　お前はクリステラの第七王子だぞ⁉　民の手本になろうというプライドはないのか！」

「プライドなんて邪魔なものはとうの昔に捨て去ったからな」

「本気のお前なら学園で首席を取るくらい造作もないだろうに……」

「やる気なし王子が首席なんて取ったら悪目立ちするだろ？　そういうのは望んでない」

あからさまに残念そうな素振りを見せる親父は放置。示された選択肢について考える。

放逐か、政略結婚か、王か。

放逐は絶対にナシだ。俺がこの生活を維持出来ているのは王子の立場があってのこと。これを捨てるのはあり得ない。

次に王……これも絶対に嫌だ。そんな面倒なことをする気はない。王になったところで他の王位継承権者が王位を奪おうと反乱を仕掛けてくるのが目に見えている。

よって王になるのも却下。

最後に残るのは政略結婚なわけだが――

「魔女の国？　休戦協定か」

「その通り。我々クリステラ王国と魔女の国へクスブルフは戦争関係にあったが、休戦協定を結ぶ運びとなった。それを内外へ周知させるための政略結婚というわけだ」

「……それ、俺以外じゃダメなのか？」

「その歳で婚約者がいないのはお前くらいだ」

呆れた目で見られるが、誰が好き好んで国中から嫌われている第七王子と結婚したいと思うだろう。王子の妃という地位に興味があっても、無駄に高いプライドが俺との婚約なんて受け付けない。特別な事情がなければ願い下げられて当然だ。

とはいえ、三択の中で一番楽なのは政略結婚だとも思う。

そもそも働くつもりも王になる気も最初からない俺が選べるのは政略結婚だけ。王侯貴族なら避けては通れない道だ。次代へ血を残すことも王族の務めだと理解はしている。

政略結婚に愛はいらない。必要なのは互いの利益と建前だけ。婚姻関係だけを維持し、互いに不干渉を貫けば影響は最小限に抑えられる。

それに、公務もまともにこなせない俺には、政略結婚の材料くらいしか利用価値がない。

「……なんだって俺がこんなことを」

「引き受ける気になったか？」

「初めから俺に押し付けるつもりだったくせによく言う」

「息子の将来を想ってのことだ。お前にとっても悪い話ではないはずだぞ？　政略結婚を受けるのなら、当面はわしからお前をどうこうするつもりはない」

「……本当か？」

「魔女の国との休戦協定は急務だ。これ以上、国内を疲弊させるわけにはいかんからな」

魔女の国ヘクスブルフとの戦争が始まったのは六年前。

発端はクリステラ王国で採掘できる魔水晶……様々なものに加工可能な魔術資源を巡っての領土争いだ。兵が衝突、消耗しながら一進一退の攻防を繰り広げた最後の争いは二年前にも遡る。最近では小康状態に入ったのか小競り合いが数えるくらいしか発生していなかった。

お互いに無駄なことだと気づいたのだろう。王国は正式な貿易として魔水晶を魔女の国に輸出すれば利益を得られる。魔女の国は兵力を温存しながら魔水晶を手に出来る。

しかし、お互いになかったことにしましょう、と簡単に話をつけることは出来ない。戦争期間を過ごしていた国民を納得させるには相応の理由が欲しい。

そこで持ち上がったのが休戦協定に付随した政略結婚なのだろう。

親父の言う通り、俺にとっても悪い話ばかりではない。政略結婚を維持している間は王族をやめさせられることも、王位を継承させられることもないらしいからな。

とはいえ政略結婚……見ず知らずの異性と関わるのだから苦労はするだろう。

面倒だ、と思いながらため息をつく。せめて格好だけでも整えようと片膝立ちをして右の拳を胸に当て、国王へ頭を下げる。

「――第七王子ウィル・ヴァン・クリステラの名において、政略結婚の件、謹んで拝命いたします」

王族らしい振る舞いをしたのは、これが俺の意思ではなく王族という立場だから引き受けたのだと印象付けるため――つまりは自分に対する言い訳だ。

俺は『やる気なし王子』で、出来ることなら何もせずに生きていたいのだから。

「そうか、そうか！　引き受けてくれるか！　流石はウィルだ！　婚約相手だが――」

「それは聞かなくていい。誰だろうと平等に興味がない。相手も同じだろう？　俺の評判を知っていれば期待するわけがない」

「……ふむ。ならばわしからは何も言わん。精々楽しみにしておけ」

親父のにやりとした笑みがどうにも頭に残る。しかし追及はしない。

何か裏でもあるんだろうと勝手に納得して、嫌な記憶を忘れるために二度寝でもしようと玉座の間を去った。

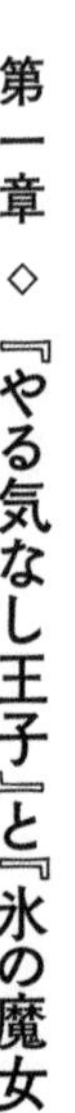

第一章 ◇ 『やる気なし王子』と『氷の魔女』

「ふあぁ……」

退屈すぎて出たあくびが静謐（せいひつ）な森へ染みわたるように広がる。それを二人分の足音が後を追って掻（か）き消した。

あちこちに生えている多種多様な樹木の枝葉が頭上を覆（おお）っていて、陰った地上を歩く俺（おれ）の頬（ほお）を湿った風が撫（な）でていく。気持ちよく昼寝ができそうだな、なんて考えながらも後れを取らないよう歩みは止めない。

ここはクリステラ王立魔術学園に存在する『学園迷宮』の第一層。学園の敷地内の門（ゲート）の向こう側に存在する異界だ。

迷宮は世界各地に点在している。『学園迷宮』は学園生徒の修練の場として活用されるほか、授業などで使う植物や鉱石、魔物の素材などの収集にも広く利用されている。

だが、迷宮には常に危険がつきまとう。場所によって地形や環境が異なり、魔力保有生物……つまりは魔物も生息している。『学園迷宮』なんて安全そうな名で呼ばれてはいるが、紛れもなく命のやり取りをする場だ。

そのうえ嘘か誠か、大昔に神が原初の魔王を迷宮に封印した……なんて伝承もある。真偽を確かめた人間は存在せず、俺も信じてはいない。

現在は『学園迷宮』で実戦的な魔術の扱いを学ぶ授業中。

授業はペアで行われるのだが、嫌われ者の俺は当然のようにあぶれた。やる気も能力もない俺と組んで成績を落としたい生徒はいないだろう。それは理解できるし、あぶれたことに文句を言うつもりもない。

ただ、相方についてはどうにかならなかっただろうか。

左隣を歩くのは、透き通る青空に似た色合いの瞳に、長い銀髪の女子生徒。退屈そうな気配を滲ませながらも周囲へ視線を巡らせている。

彼女の名はリリーシュカ。

俺と同じく推薦入学試験に合格して学園に通っている留学生だ。

制服の肩には徽章が二つ飾られていて、俺と同じく二回生であることを示していた。

顔立ちは綺麗寄りで同い年ながら大人びて見える。だが、ただ綺麗なだけでなく剣山のように鋭利な棘があると知っているため、自分から近づきたいとは思わない。

リリーシュカは規格外な魔術や冷たい態度、時折見せる理解できない行動から『氷の魔女』として畏れられている孤高の存在だ。

貴族からは留学生で平民のくせに自分たちより成績がいいからと敵視されている。平民からは冷たい態度や高度な魔術のレベルについていけず近寄りがたい、という評価が一年の間にすっかり定着してしまっていた。

ちなみに俺は貴族からも平民からも邪険に扱われている。一応この国の王子なんだが、全部俺が悪いということで納得はしていた。

リリーシュカとペアを組んでいるのは彼女もペアを組めずにあぶれたから。

要するに俺たちはあまりもの同士でペアを組まされたのだ。

「ねえ」

「なんだ」

「ジロジロ見ないで。あなたは女とわかれば見境なく襲うようなケダモノなの?」

嫌悪感を滲ませた表情。

本当にそう思っていそうな声音でとんでもない言いがかりを口にする。

「……そこまで言われるようなことをしたか?」

「犯罪者の目をしていたわ」

一体どういう目だ。

知人や親父曰く、俺の目は死んだ魚のそれに似ているらしいが、犯罪者の目と言われたのは流石に初めてかもしれない。

「念のため訂正しておくが、俺は善良な王子だぞ。悪事を働くのも手間がかかる。見ていたのは認めるが、随分と真面目に授業を受けるんだなと思っていただけだ」

「……紛らわしいからこっちを見ないで。あと、もっと離れて」

俺のことを右手で払う素振りをみせるが、リリーシュカの左側は結構余裕があった。そっちが離れればいいだろうと思うものの、草木に近づくのが嫌なのだろう。

森には虫が多く、性別的には女性であるリリーシュカが苦手にしていても不思議はない。

……俺、完全に害虫扱いじゃないか？　無理に関わる気もないから従うが。

リリーシュカと関わるのは授業中だけ。内容も難しいものじゃない。

目的は学園迷宮の各地に隠された札を人数分、つまりは二枚回収して帰還すること。札の傍には一定間隔で魔力を放出する装置が設置してあるため、それを感知することで札を探す。

授業には迷宮に棲む魔物との戦闘も含まれている。

武装も許されていて、俺も腰に使い慣れた長剣を佩いているが、魔術師としては右手に握る杖を使うべきなのだろう。

しかし、杖を使うような魔術師は半人前として『杖突き』などと揶揄される。とはいえ魔術学園にいるにもかかわらず、魔術が得意ではない俺にとっては欠かせない補助具だ。

現代魔術には第一から第十までの階級があり、一から三のように三刻みで下級、中級、上級魔術と区分されている。例外的に第十階級のみを超級魔術として定めているが、使い手はごくわずかだ。

俺が使えるのは下級魔術の、しかも無属性だけ。本来なら入学を許されない水準である。

授業が始まってから数度魔物に襲われているが、二人で個別に動いて撃破している。

余りもの同士でペアを組まされるほど協調性がない俺たちに連携はない。一人でも対処できるレベルの魔物だったしな。

今は二枚目の札を探して第一層を探索している最中だ。身体(からだ)の節々が「休ませてくれ」と言っている気がするが、ため息とともに怠けたい気持ちを吐き出す。

魔術師としてだけではなく、体力や知識などの総合的な能力も試される授業だ。

「札の反応だ。北東。この方角は確か——って、行く気か？　ヌシの縄張りだぞ？」

「札を回収してすぐ退けばいいだけよ。必ずいるわけじゃない」

リリーシュカは俺の制止を振り切り、北東へ進路を変えた。だが、その先は無数に重なった枝葉が塞(ふさ)ぐ鬱蒼(うっそう)とした茂みしかなく、近くに通れそうな道はない。

「鬱陶(うっとう)しいわね」

リリーシュカが呟(つぶや)き、魔力が渦巻く。

修練のほどが窺(うかが)える滑らかな循環。肌を刺すかのような冷気があたりに満ちる。

「……は？　おい、ちょっと待——」

「『霜天(リフォーズ)』」

静かに放たれるリリーシュカの声。

魔術によって進行方向にあった枝葉が全て凍てつき、リリーシュカが一歩踏み出す靴音と共に砕け散った。そうしてできた道をリリーシュカが何食わぬ顔で歩いていく。

「人を巻き込まないのは確認してるよな……？」

前科を踏まえると怪しい。

リリーシュカは度々、周囲を気にせず魔術を使っている。他人を巻き添えにするような状況でも躊躇いなく魔術で一帯を氷漬けにしてしまうのだ。

今回は誰も被害を受けていなさそうだが肝が冷える。

「しかも俺を待つ気はない、と」

一人で突き進むリリーシュカの背を追って、俺も仕方なく凍てついた道を歩いていく。

迷宮実習は二人一組。はぐれたら評価に影響が出かねない。やる気がなくとも落第だとか留年だとかは勘弁願う。

リリーシュカもヌシと戦うなんて愚行は犯さないはずだ。

すっかり硬くなった地面を踏みしめながら歩いていくと、次第にバシャバシャという水音が近付いてきた。木々の切れ目で視界が開けた先には、膨大な量の水が空へ、、、向かって流れ落ちる滝――第一層の名所『逆さ滝』に辿り着く。

荘厳にして冷涼な空気の立ち込める『逆さ滝』は迷宮ならではの不可思議な光景だろう。

空へ流れた水はどういうわけか虚空に消えるらしい。こればかりは迷宮の謎だから考えるだけ無駄だ。迷宮内は空間の連続性が乱れているという説が主流だが、真実を知る者はいない。

それはともかく『逆さ滝』は特に強い個体の魔物……ヌシと呼ばれる魔物の縄張りだ。長居するのは危険。札だけを回収してすぐに立ち去りたい。

「肝心の札は——足音がする。九時方向、複数。近い」

端的に情報を報告するとリリーシュカはすぐさま視線を向ける。すると草木を掻きわけるような音が響いてきて、

「……お前ら逃げろッ!!　魔物に追われて——」

「Ｇｒｕｕｕｕｕｕ!!!!」

現れたのは同じく実習中の学園生徒が二人と、それを追う狼の魔物——ガルムの群れ。

彼らの制服には所々に爪で引き裂かれたような痕があり、一人は負傷したのか左腕をだらりと垂らして走っている。

そんな最中に出会った学園生徒だ。縋りたくなる気持ちもわかるが、彼らは俺たちを見るなり表情を歪めていた。

俺とリリーシュカに救援を求めるのは彼らのプライドが許さないのだろう。やる気なし王子と見下していて属性魔術を使えない『杖突き』の俺と、魔術に関する成績はトップクラスだが協調性に欠けることで有名なリリーシュカ。このメンツに助けを求めるのは俺でも嫌だ。

とはいえ、この状況では逃げる時間もない。

「チッ……大いなる風よ集え『風刃』ッ!!」

彼は苦し紛れにガルムへ第一階級の風魔術『風刃』を放つ。巻き起こった風が木枝を揺らし、不可視の刃がガルムの体毛を裂いて獣臭い血を飛沫かせる。

しかし、群れの足は止まらない。他のガルムが彼らへ跳びかかろうとするも、真横から飛来した氷の槍が無防備な横っ腹を撃ち抜いた。

第四階級の氷魔術『氷結槍』。二回生では扱える生徒の少ない中級魔術を使ったのはリリーシュカ。彼女は隣で右手を前に翳しながら青い瞳を細めていた。

……隣にいたのに発動するまで気づけなかった。しかも無詠唱であの威力だ。詠唱を省くと正確性と威力が落ちるため、よっぽど魔術を使い慣れていることが窺える。

「邪魔よ」

機嫌悪そうに言い放つと、再び『氷結槍』を何十発も射出する。同時に展開された第三階級氷魔術『氷縛』がガルムの足を凍らせ身動きを封じていた。

射線上には逃げて来た二人がいたが、リリーシュカはお構いなし。彼らの頰を掠めて飛翔した氷槍がガルムを穿ち、沈黙。

「つまらないわね」

退屈そうにリリーシュカが口にして、吹き抜けた風が溜まった血の臭いを攫っていく。

助けられた彼らは渋い顔でリリーシュカを見ていた。一歩間違えば自分たちも巻き添えを喰

らっていた状況では、素直に感謝する気にはなれないだろう。

「無事か？」

「……『杖突き』に心配されるほどやわじゃない」

「ガルムの爪で裂かれたなら化膿の危険もある。授業が終わったら医務室で処置を受けることをおすすめする」

「………言われなくてもわかっている」

これは余計なお世話だったな。真面目に学園で授業を受けていれば知っていることを俺からも念押しされれば気分も悪くなるか。

これであとは札を回収して帰るだけ。そう思い札が隠されている川へ近づいた瞬間、空から何か音が聞こえた気がして足が止まる。

水が流れる音ではない。もっと重く響く、巨大な生き物の唸り声のような。

「なんだ、急に暗くなって――」

応急処置をしていた一人が違和感を口にする。遅れて視線を頭上へ向けると、晴れていた空を覆いつくすほど巨大な何かが悠々と漂っていた。

陽光が照らしたのは偉容な圧を放つ魚影。蛇のようにうねる極太の胴体に、空にたなびく長いひげ。ひれを揺らしながら少しずつ高度を下げる姿は強者の風格を匂わせていた。

ぎょろり、と黒々とした眼球が俺たち四人を睥睨する。

『逆さ滝』一帯を縄張りとするヌシ、空竜魚(ドラグ・キュプリス)。

それが今、俺たちを認識した。

「マジかよ……ッ‼」

なんで滅多に姿を現さないヌシが出て来た？　近くで戦闘したからか⁉

強い魔物は総じて魔力の気配に敏感だ。

オオオオオオオオオオオォォォォォォォォオォォォォオオォォオオオ――

響き渡る咆哮(ほうこう)。空気までもが痺(しび)れたかのように振動する。あまりの音量に鼓膜が破れるんじゃないかと肝を冷やしながらも進路を反転。

こんなのと戦うなんてありえない。時間はかかっても他の札を探すべきだ。

「退くぞッ！」

「っ、わかっている！」

俺の声で我を取り戻した二人も即座に応じ『逆さ滝』から離れようとする。

「リリーシュカも逃げろッ！」

退避を促すが、ヌシを見上げたまま逃げる素振りすら見せていなかった。

途方もない脅威の出現に足が竦(すく)んで動けないのかとも考えたが、すっと細められた青い瞳に怯(おび)えの色がないことから違うのだと理解する。

そして、推測を裏付けるかのようにリリーシュカの中で魔力が渦巻き、

「永久の氷河は万物を拒む牢。凍え、途絶え、潰えし地に咲く華よ」

滔々と続く詠唱。

これは確か上級魔術の……まさかヌシと正面から戦う気か!?

無茶だと止めたいのは山々だったが、もしもリリーシュカが準備している魔術が本当に上級魔術だとしたら問答無用で巻き込まれる。

というかもう、遅い。

「隔て遮れ無謬の壁『障壁』ッ」

少しでも被害を抑えるために第一階級の無属性魔術『障壁』を展開し、衝撃に備えて近くの木に身を隠す。気休めにしかならないだろうが今できる最大の防御だ。他の二人も俺に続いて『障壁』を展開し、木の裏に滑り込んで頭を低くする。

直後、さらにリリーシュカの魔力が膨れ上がり、

「『氷華月輪』」

凛とした声。

一気に気温が下がり、空気が軋む音がして――『逆さ滝』はまるごと氷像に変わった。飛沫すらも時間を切り抜いたかのように凍てつき、ヌシの体表に霜が降りている。周辺も一瞬で氷に覆われ、空気中の水分が極小の氷となったのかキラキラと輝いたまま漂うばかり。

「……相変わらず馬鹿げた威力だ。しかも疲れた様子すらない。あいつの魔力は無尽蔵か？」

吐き出す息を白く染めながら、はた迷惑な魔術を行使したリリーシュカを眺める。

これだけの魔術を扱える生徒は二回生……いや、学園でも両手の指には入るだろう。だが、当の本人に気にした様子はない。霜を振り払うかのように身体をうねらせ、地上へ迫りながら怒号をまき散らすヌシを見上げていた。

完全にリリーシュカへ……いや、俺たちに狙(ねら)いを定めたのだろう。こうなればもう逃げるのは至難の業だ。

「やるしかない、か」

覚悟は決めるが最後まで戦う必要はない。隙(すき)を作って、すぐさま離脱する。無属性の下級魔術しか使えない俺がヌシと正面切って戦うなんて土台無理な話だ。しかもヌシを共通の敵と据えているだけで、リリーシュカには連携を取る意識はないはず。

「面倒なことになったな。なんで授業でこんなに疲れる思いをしなきゃならないんだ」

ため息をつきつつ、ただでさえ緩く締めていたネクタイをさらに緩めた。右手で握っていた杖は左手に持ち替え、腰に備えていた長剣を右で構える。

幸いヌシは地上へ降りつつあり、足場はリリーシュカの魔術が固めた滝がある。魔術ではまともに戦えない俺でもなんとか手が届く。

「纏(まと)いし刃は万物を断つ『刃纏(レイリア)』」

魔力で作った刃で剣の射程を拡張する第二階級(イーヴェ)の無属性魔術『刃纏』を行使。軽く振って感覚を確かめてから氷の地面で滑らないように踏み込む。狙うのは比較的鱗による防御の薄い腹。刃が通りそうな場所はそこか眼球、口腔くらいしかない。

「疾く駆けよ駿馬の如く――『脚力強化』」

魔術で脚力を強化し、空を漂うヌシへ迫るべく凍った『逆さ滝』を駆け上がる。あの巨体は確かに脅威だが、懐に潜り込めば隙だらけだ。

しかし、そう簡単に接近はさせてもらえない。

隆起する魔力の気配。

「オオオオオオオオオオオォォォォォオォオォォオォオオ!!!!」

耳を劈く咆哮。そして巻き起こる暴風。まずい。そう思った時には俺の足は凍った滝から離れていた。

この高度から地面に叩きつけられれば無事では済まない。やっぱり一縷の望みにかけて逃げるべきだったか、と自分の選択を内心悔やむも対処が先。

体勢を立て直し『障壁』の魔術を曲面として展開。不可視の壁に着地し、勢いのまま滑り上方へ跳び上がる。

視線の先には隙だらけのヌシの腹。

「う、らッ!!」

勢いのままに分厚い腹へ切っ先を突き立てる。だが、金属並みに硬い感触が刃越しに伝わり、まともに刃が通らない。剣の質も魔術の腕も足りないらしい。

それでも注意は引いたようで、低い唸り声が間近から聞こえた。俺も体勢を保つのが困難になり、地上へ落下していく。

遠ざかるヌシの腹。

ふと地上を見れば――案の定、リリーシュカが次なる魔術の準備を終えていた。

「俺を時間稼ぎに使うとか……ほんと、いい性格してやがる」

俺も同じ筋書きを思い浮かべていたから文句はない。これが最善の策だと俺も思う。

瞬間、ヌシよりもさらに大きな影に覆われた。原因はヌシの頭上から落下中の巨大な氷塊。

上空の水分を凝固させて作ったのだろう。直撃すればひとたまりもない。

問題があるとすれば――このままだと俺も氷塊に押し潰されることか。

「少しは人のこと考えろバカ魔女ッ⁉」

悲痛な叫びは華麗に無視される。俺を囮に準備した大規模魔術で隙を作れれば逃げられるだろうと思っていた。だが、言い訳も効かないくらい巻き込むのはどうかと思う。あの魔術の腕なら他にもやりようがありそうだが、詰問している時間も余裕もない。

『障壁』で衝撃を和らげて着地し、氷塊の範囲から退避してヌシの様子を窺う。すると俺を追って来たヌシに氷塊が直撃した。過重に耐えられず苦悶の声を上げながら更なる速度で落下してくる。

落下地点から退避を成功させた俺はヌシの行く末を見届けた。凍った地面に叩きつけられたヌシと氷塊によって凄まじい揺れと轟音が生じ、衝撃で氷塊が砕け散る。ヌシは白目を剝いて気絶しているようだが、死んではいなさそうだ。復活する前に離れよう。

「札の回収は無理だな」

札のありかを報せる装置ごと川が凍っているし、ヌシの下敷きにもなっている。これではどうがんばったところで回収は不可能だ。

「まさかヌシを倒したのか？」

「気を失っているだけだ。今のうちに逃げた方がいい」

恐る恐る聞いてくる二人組にも告げると顔を見合わせ安堵し、その場を去っていった。憎まれ口の一つや二つは言われるかと思ったが、ヌシとの遭遇戦が衝撃的過ぎたのだろうか。

「リリーシュカ、俺たちも退くぞ。別の札を探さないと時間切れになる」

「あなた、さっきバカ魔女って言ったわね？」

「巻き込む前提で魔術ぶっ放すやつがどこにいる」

「問題ないでしょう？　推薦入試で私の魔術を一つ残らず見切って躱したあなたなら」

平然とリリーシュカが言い放つ。思想が平行線のこいつに何を言っても無駄か。

「……時と場合を考えろ。札も取れなくなったし、ヌシとの戦闘なんて想定外だ。単位落としたらどうしてくれるんだ？　俺はお前と違って成績に余裕がない」

「札は必要で、一番近かったのはここで、運悪く出て来たヌシは私が対処した。結果的に札が取れなくなっただけよ。あなたの成績が低いのは自業自得。文句ある？」

どうやら自分に非があるとは思っていないらしい。俺の成績が低い云々（うんぬん）に関してはその通りなのだが、話が通じないなら言い合う時間も惜しいな。

「文句は大ありだが、伝えたところで意味がないだろう？」

「話が通じないって言いたいの？」

「そう言ったつもりだが」

「……あなたを囮にして仕留めるのが一番確実だったわ。逃げる時間もあった」

「ならせめてそれを伝えてからやれ。勝手に巻き込まれる側からすると迷惑だ」

至極真っ当な意見のはずが、リリーシュカは心底不満げな視線を向けてくる。

「うるさいわね。無事だったんだからいいじゃない」

「あのなあ……」

「文句を言いたいのはこっちよ。……ほんと、なんであなたなんかと」

「何か言ったか？」

返事はない。代わりにリリーシュカは『逆さ滝』に背を向けて去ろうとしていた。まともにコミュニケーションを取ろうとは思わないのか？

とはいえ単位がかかっているため、苛立（いらだ）ちを抑えて次なる札を探し始めた。

結果から言えば二枚目の札は見つからず、制限時間を告げる信号弾が上がったのを確認して俺たちは集合場所へ戻った。数時間の授業が徒労に終わったと認識した途端、急激な眠気に襲われ、近くにあった木の幹に背を預けていると、

「――ウィルくんっ！　やっと見つけた！」

聞き慣れた声が耳に届く。

駆け寄ってきたのは左目を赤い前髪で隠した少女――レーティア・ルチルローゼ。

ルチルローゼはクリステラ王国の三大公爵家の一つであり、レーティアはその娘。王族に次ぐ身分の持ち主で、一時期は俺の婚約者でもあった相手だ。今は事情が変わって婚約の話は白紙になっているものの、関係自体は未だに良好だ。

間近まで寄って来たレーティアが淡い金色の瞳で覗き込み、無事を確認して安堵の息をついた。

「やっと来たって……少し遅れただけだろ。あと、ウィルくんは流石にやめないか？」

「だって信号弾が上がったのにウィルくんが帰ってきてなかったし、凄い音も聞こえてたから何かあったのかと思って……」

俺の呼び名から『くん』を取る気はないらしい。凄い音はヌシが地上に叩きつけられたときのものだろう。あれだけの巨体なら、離れたこの場所まで聞こえていても不思議ではない。

「ちょっとした事故に巻き込まれただけだ。怪我もないから気にしなくていい」

「事故？」

「札を回収しようとしたらヌシと出くわしてな」

「ヌシ⁉　本当に無事なの⁉」

大袈裟に驚く素振りを見せた後に、そっと両手が伸びてくる。細くてしなやかな指。一回りは小さな手のひらが頬、肩からどんどん下へと無事を確認するかのように降りていく。

「どこか体調が悪いとか、頭痛がするとか、吐き気がするとか、そういうのはない？」

「心配しなくていい。疑われるのも理解できるけど奇跡的に無傷。一歩も動きたくないレベルで疲れているだけだ」

本当に無事だから早く手を退けてくれと視線も含めて訴えるも、レーティアは気が済むまで俺の身体を触って確かめ続けた。周りからの嫌悪を示す視線が集中して居心地が悪い。

「落第寸前の落ちこぼれ王子がいきりやがって。魔術も碌に使えないくせに」

「あれで推薦入学って絶対コネだろ」

「しかもヌシと出くわした？　絶対嘘だろ。あんな雑魚が生きて逃げられるわけがない」

舌打ちやら謂れのない暴言も陰口も聞こえてくるし……本当に勘弁してくれ。

そんな中、視界の端にリリーシュカが映り込むも、こちらを見ようともせず完全に無視。授業も終わったから関わる気はないという意思表示か。俺としてもその方が楽だ。

「もしかしてリリーシュカさんに迷惑かけたの？」

「かけられたのは俺だ。危うくヌシと一緒に地面のシミになるところだった」

「…………」

これには流石のレーティアも言葉を失っていた。俺もその気持ちはよくわかる。金輪際、リリーシュカと関わる機会がないことを祈るばかりだ。

「……でもまあ、無事ならよかった、かな。リリーシュカさんにも悪気はなかったんだと思うよ？　……多分」

レーティアは持ち前の人の良さでリリーシュカを弁護するも、実際に被害者になりかけた身からするとあり得ない話だと感じてしまう。

「――実習に参加した全生徒の帰還を確認した。これにて実習は終了とする！」

実習を担当していた教師が終了を宣言する。散り散りに学園迷宮を去る集団の後方で、俺もあくびをしながら門を潜った。

◇

「遅かったではないか、バカ弟子」

「なんであんたが俺の部屋で優雅にくつろいでんだ。学園長室に帰れ」

退屈な授業を終えた俺が寮に帰ると、玄関には知らない靴が二足並んでいた。おまけにどちらも女性用。嫌な予感を覚えつつもリビングに向かえば、それは現実のものとなった。

目にしたのはソファに深々と背を預け、我が物顔で紅茶のカップを傾ける少女——そうとしか見えない知人だった。

フリルが何段にもあしらわれた、大きなサイズの魔女服。袖も裾も余ったそれが童女を覆っていた。しかも人間との違いを示すかのように耳は長く尖っている。それは深い森に棲むエルフの特徴だ。

俺の方へ視線を向けたことで頭の左右、高い位置で結われた金髪と大きなリボンの髪飾りが猫の耳よろしく揺れた。散らした前髪の隙間で高慢さの窺える翡翠色の瞳が俺を映し、

「良いではないか。不出来な弟子だとは前々から思っておったが、まさか遥かに年上の師を敬う気持ちすら持っていないとは……わらわはとても悲しいぞ」

カップをソーサーに置き、下手な泣き真似を見せつけてくる。

「それとこれとは話が別だ、ノイ。人の部屋に勝手に入ってくるな。用事があるなら学園長室にでも呼びつければいいだろ」

「この方が手っ取り早いからそうしたまでよ。わらわは学園長……この学園で最も偉いんじゃぞ？　学園の敷地である寮のおぬしの部屋でくつろいでいて何が悪い」

ふん、と鼻を鳴らして威張り散らかすノイに悪気や反省の意思は感じられない。それどころか「茶菓子は出んのか！」と俺を使用人のように扱う始末。

「それくらい自分で持ってこい」

「冷たい弟子じゃのう。魔術師の頂、第十階級『天風森精』ノイ・ヤスミン――泣く子も黙る大天才魔術師が不出来な弟子のためにわざわざ足を運んでやったと言うのに」

肩を竦めつつ名乗るものの、その顔には自信がありありと浮かんでいた。

魔術師は自分が使える最高の魔術階級を名乗る。学園長で師匠ことノイの第十階級は最高位。俺は第三階級だ。そんな大魔術師を師としていた……にもかかわらず、中級以上の魔術を使えるようにはならなかった。

正確にはある日を境に使えなくなったが正しいか。原因に心当たりはあるものの解決の方法はどんな文献を漁っても見つけられず、俺はまともに現代魔術を使うのを諦めた。

俺が学園に在籍しているのは親父との取り決めだ。魔術に関する事柄はノイから直接教わっていたし、それを今も覚えている。にもかかわらず成績が底辺間際なのは、留年しなくて済むラインを見極めて結果を残しているからだ。

悪目立ちしているようにも思えるが、逆にいい結果を残すと面倒なことになる。俺は『やる気なし王子』――誰にも期待されないダメ王子のままでいた方が都合がいい。

「俺の部屋に来るように頼んだ覚えはない」

「そうじゃな。これは単なるお節介……もとい、野次馬じゃ」

「野次馬？」

「丁度、来たようじゃな」

なんのことだ？　と疑問を浮かべるのも束の間、どういうわけか浴室の方から音がした。

「はぁ……さっぱりしたわ。部屋にお風呂があるなんて本当に贅沢ね」

今日、近くで散々聞いた声が部屋に響く。

まさかあいつが俺の部屋にいるわけがない。そう自分に言い聞かせながら恐る恐る声の方向へ視線を向けて。

「……………は？」

辛うじて喉を飛び出たのは、自分でも拍子抜けするくらい間抜けな一言。それにより相手も俺のことを認識したのだろう。

透き通った青い瞳が俺へ固定され、俺の視線もその人物――どういうわけかバスタオル一枚を纏っただけの銀髪の女、リリーシュカを余すことなく映し出す。

肌を完全には隠せず、肩と太ももの際どい所までが露出していた。湯上がりで血行も良くなっているのだろうが、明らかにそれとは違う赤みがリリーシュカの顔に滲んでいる。

まず生じた感情は驚きだったのだろう。だが、沈黙を経て数秒経つ頃には刃のように鋭く冷たい視線へと変わっていた。当然ながらその矛先は俺である。

……驚きたいのは俺の方だ。どんな理由があったらこんな意味のわからない状況が生まれる？

「おお、リリーシュカ嬢……随分と大胆じゃな？　ウィルが帰ってきたタイミングを見計らって出てくるとは」

面白がっているかのようなノイの声。一方でリリーシュカの様子は北の果ての凍土もかくやというほどに凍えている。

いや、違う。

冷えているのはこの部屋で、その元凶は肩を震わせながら両手を強く握りしめ、ヌシと出くわした時と同じレベルで魔力を熾しているリリーシュカ。部屋には薄っすらと霜が降り、吐きだす息は温度差で白く濁る。

そんな中でバスタオルを抑えながらリリーシュカがずかずかと俺へ歩み寄り、

「――この、変態ッ!!」

一切手加減のない平手が俺の左頰を撃ち抜いたかと思えば、こちらに目をくれることなく空き部屋だったはずの部屋へ消えた。

じんとした痛みが頰から広がる。一体俺が何をしたって言うんだ？　俺が悪いのか？　常識的に考えて違うだろ。

「のう、ウィルよ。今どんな気分じゃ？」

「理不尽過ぎて怒る気力も湧かないが――どういうわけか事情くらいは説明してもらえるんだろうな？」

俺の疑問にノイが答えたのは、風呂上がりのリリーシュカが着替え終わってからだった。ショートパンツに緩い長袖シャツと、学園では目にすることのない非常にラフな格好に変わったリリーシュカの目は変わらず冷たい。

テーブルを挟んで向かい合ったところで話を切り出す。

「で、理由はなんだ？　何があったら俺の部屋の浴室から他人がバスタオル一枚で出てくるようなことになる？」

「……着替えを持ち込むのを忘れたのよ。お風呂に入ったのは荷物を運び込んだときにかいた汗を流したかったから。学園長もこの部屋のお風呂を使えばいいと勧めていたわ」

「それも意味がわからない。なんでリリーシュカが俺の部屋に荷物を運び込む？」

「本日よりリリーシュカ嬢がこの部屋で暮らすことになるからじゃな」

「……は？」

リリーシュカが、この部屋で暮らす？　一体どんな理由があったらそんなことに――

「……政略結婚か？」

「おぬしは知らなかったようじゃが、リリーシュカ嬢はおぬしの政略結婚の相手。だからわらわが案内も兼ねて連れてきたというわけじゃ」

ノイの声音は悪戯に成功したかのように楽しげだ。しかし話には筋が通っていて、それこそが真実なのだと如実に伝えてくる。

確かに俺は親父に政略結婚の相手を訊いていない。誰でも同じと思っていたからだ。なのに蓋を開けてみれば政略結婚の相手は貴族からは嫌われ、平民からも扱いに困るような孤高の存在『氷の魔女』リリーシュカで。

「……ちょっと待て。てことはリリーシュカは魔女の国の人間？　しかも政略結婚の材料にされるほど地位が高い。まさか家名を隠して通っていた？」

「やっと気づきおったか。そう、リリーシュカ嬢の家名はニームヘイン——魔女の国ヘクスブルフを治める大魔女の娘じゃよ」

俺の推測を裏付けるとんでもない爆弾が落とされてしまった。驚き遅れてリリーシュカを見ると、気まずそうに視線を逸らされながらも「……そうよ」と短い言葉が聞こえた。

大魔女の娘、直系ともなれば王族相当の地位だ。家名を隠していたのは戦争相手だったという不当な差別を避けるためだろう。そういう理由からリリーシュカが政略結婚の相手に選ばれたのも納得できる。

「文句を言いたいのはこっちよ、変態。政略結婚はともかくとして、なんであなたなんかと一緒に暮らさなきゃならないのよ」

「それはこっちのセリフだ」

「学園の生徒同士で婚約関係にあり、望めば同棲を許可しておる。今回の場合は……まあ、アレじゃ。国の意向という我々ではどうしようもない事情じゃな」

「わかっています。……あなた、妙なことをしたら氷漬けにするから。さっきのは私の恩情で不問にしてあげる」

「さっきのも俺のせいかよ」

「当たり前でしょう?」

こいつ、素で理不尽だ。魔術の威力がどうとか関係ない。

他人を思いやるとかの思考自体が欠けている。

こんなやつと一緒に暮らせるか。

「ノイ、早くこいつを連れてどっか行ってくれ」

「無理な相談だとわかっておるじゃろ?　無駄な抵抗はやめて観念せい。この結末はおぬしが婚約を承諾した時点で決まっておった。恨むなら無策のまま引き受け、面倒がって相手のことも聞かなかった自分を恨むんじゃな」

それを言われると俺としては何一つ言い返せない。興味がなくとも相手くらいは訊いておくべきだったか。……相手がリリーシュカだとわかっても俺はこれ以外の選択肢を取れないだろうが、心の準備くらいはできた。

「おぬし、リリーシュカ嬢に寮を案内してこい。ここは他とは一味違う。おぬしも婚約者が他の入寮者に絡まれて面倒事になるのは避けたいじゃろう?」

「ノイがすればいいだろう。リリーシュカは俺と一分一秒たりとも同じ空間にいたくないって顔をしてるぞ」

「わらわは学園長、つまりは忙しいのじゃ。すごく、すごく忙しいのじゃ。本来なら寮の職員に案内を任せても良かったのじゃが、仮にも王族の婚約者。何かあってはよくないと思い、わらわが自ら送り届けたまでよ」

本当は俺に嫌がらせをしたかっただけではないか、とは言わない。

「リリーシュカ嬢も良いな？」

「……学園長が言うのであれば」

「聞き分けが良くて助かる。ウィル、ちゃんとリリーシュカ嬢をエスコートするんじゃよ？」

「…………はあ。わかった、わかった。寮の案内くらいはしてやるが、その前に着替えてこい」

諦めながら答えると、またしてもリリーシュカは青の双眸に疑念を滲ませる。

「……まさかあなた、そうやって私の着替えを覗く気じゃないわよね」

「違う。ここは王族専用の寮だぞ？　部外者がそんな恰好で寮を出歩いてみろ、面倒な奴らに絡まれるのが目に見えてる。神経質なやつもいるからな」

王族専用ということもあって他の寮よりは入寮者が少ないが、一人一人の濃さはどこよりも上だろう。そんな奴らの目にリリーシュカが留まれば確実に問題が起こるし、その場合は婚約者である俺も責任を問われてしまう。

面倒事を避けたい俺としては、苛立ちを堪えて寮の案内をする方がマシだ。俺に案内されるなんて嫌だろうが、この際リリーシュカが俺に対して抱く感情は関係ない。

俺は俺の都合で動かせてもらう。

「…………ならいいわ。私を案内しなさい。変な素振りを見せたら反対側の頬も腫れることになるから覚悟して」

「なんでそう上からなんだか。いいからさっさと着替えてこい」

まるで野良猫だなと思って言い返せば、リリーシュカは勝手に自分の物としたらしい部屋へ消えた。

「話が纏まったならわらわもこのあたりで退散するとしよう。ああ、そうじゃ。そのうち婚約を祝ってのダンスパーティーが行われるらしい。心の準備はしておくように」

……本気か？　誰が俺たちの婚約を祝うんだよ。

「それと、もう一つ」

「……またくだらない話か？」

「一つ屋根の下で女子と一緒に暮らすとはいえ、羽目を外しすぎるんじゃないぞ？　寮の壁は厚いようで案外と音が通る。ことに及ぶのなら魔術や魔道具で音を遮ってからにするんじゃな」

「余計なお世話だ、さっさと出てけ」

◇

この学園は何代も前のクリステラ王が設立した、由緒正しい歴史と実績を持つ魔術師育成機関だ。王都の東部に広大な敷地を保有し、時代が進むにつれて設備も最新のものへ入れ換えられている。授業を受ける校舎はもちろん、数えきれないほどの建物があちこちに聳(そび)えている。

学園規則に乗っ取って行われる決闘の舞台に使われる決闘場。生徒全員を詰め込んでも余裕のある大講堂。魔術関連だと実験棟や工房もあり、深夜まで生徒が入り浸って魔術の探究にいそしんでいる姿を見るのも珍しくない。

生徒の憩いの場として開放されている食堂やカフェテリアは常に賑(にぎ)わっている。特に平民でありながら入学を許された優秀な生徒たちが安さと美味(うま)さに感動しているとか。

そんな学園には寮が存在している。身分ごとに分かれた寮だ。学園側は平民と貴族の間に身分の差はないと表では公表しているものの、根付いた意識まで変える効力はない。だから寮は区別し、無用な争いを避けているというわけだ。

「ノイから聞いているだろうが、ここは王族専用の寮だ。入寮者は軒並み王族か世話をするために入学した使用人くらいだろう。稀(まれ)に囲っている者を傍に置いていることもあるが……俺たちが気にする必要はない」

寮の廊下をつかず離れずの距離で歩くリリーシュカのために説明をしておく。念のため本当に聞いているのかと横目で見ると「なによ」と不機嫌そうな声音がすぐさま返ってきた。

馴(な)れ合う気はないという意思表示だろうが、もう少し協力的になって欲しいものだ。その姿勢が俺の助言に従って制服に着替えたことだと言われるとお手上げなのだが。

「リリーシュカのことは寮監から入寮者に伝えられるはずだ。まともなやつは絡んでこないだろうけど、俺たちは残念ながら嫌われ者だ。あまり一人で出歩くのはおすすめしない」

「……まるで籠(かご)の中の鳥ね」

「言いえて妙だ。だが、リリーシュカの行動を制限するつもりはない。出歩きたければ好きにすればいい。幸いなことに入寮者自体は少ない」

俺はリリーシュカが問題を起こさない――なんて未来を前提とはしていない。俺もリリーシュカも嫌われ者。こっちが問題を起こそうとしていなくても厄介事は寄ってくる。

「とりあえず寮の施設を巡っていこう。基本的なものは変わらないが規模も質も違う。食堂では頼めばいつでもフルコースを提供してくれて、洗濯や掃除が面倒なら寮の職員に頼んでおけば勝手にやってくれる。各々(おのおの)の部屋に風呂が備えられているのもこの寮だけだな」

「至れり尽くせりね。嫉妬(しっと)と批判が相次ぎそうなものだけれど」

「だから地位の高いやつらは軒並み高い成績を取っている。高貴なる者の義務(ノブレス・オブリージュ)ではないが、上に立つ者としての才覚を示すには丁度いい」

「あなたは例外ってこと?」

「落第寸前の王族なんて学園の歴史を遡ってもそうそういないだろうな」

肩を竦めて言ってやるも、リリーシュカの表情は変わらない。返事も気まぐれで、案内人以上の役割を期待していないのだろう。

やたらと広い寮の中を歩きながら案内していく。

食事もできる広々としたラウンジ、本格的な身体のメンテナンスやマッサージをしてもらえるエステ、サロンなどなど。この寮にしかない設備について紹介すると、心なしかリリーシュカも驚いているように見えた。

特に食いつきが良かったのは大浴場だ。他の寮は部屋にはシャワーしかなく、湯船につかるには定められた時間の中で大浴場を利用するしかないのだが、この寮は制限がない。浴場自体も男女で分かれていて、しかも一日中入浴が可能だ。

「……本当にいつ入ってもいいの?」

「入寮者ならな。他に利用する人数は多くないからほぼ貸し切り状態だぞ」

「良いことを聞いたわ。今夜早速入ってみようかしら」

「今度は着替えを忘れるなよ? バスタオル一枚で廊下を歩いて部屋に戻るのはな」

「うるさいわね。それくらいわかってるわよ。さっきはたまたま忘れただけで——」

リリーシュカはむっと言い返してくるが、途端に口を噤んで顔を背けた。雑談をする気もないらしい。

「……学園の施設もだが、ここまで充実してるのは他国への威信を示すためだろうな。学園には留学生も多数いる。生半可では国力を舐められるとでも考えたんだろう」

クリステラは魔術師と成長してきた国で、魔術触媒となる魔水晶の産出地として有名だ。活用法は街のインフラ整備、魔道具作成、大規模魔術に使用する触媒など。便利な魔術資源を自国で産出出来るアドバンテージを活かすためにも魔術的な技術の向上は不可欠だった。

魔術師の育成に余念がないのも魔物に対抗する力を貴族諸君に身につけさせたり、技術の軍事転用や生活を豊かにする研究のためだろう。

「おかげで俺は何一つ不自由なく学園生活を送れているわけだ。どれだけ不出来な成績を残していようとも俺は学生で王子。この贅沢極まるサービスの対象であることに変わりない」

「最低ね」

「世界の構図がそうなっているんだ。俺に文句を言われても困る」

深いため息が聞こえたが、俺は受け流して次なる場所へ向かう。

しかし、廊下の曲がり角から足音が一つ近付いてきて、その主が俺たちを見てピタリと止まった。

「部外者を連れ込むとは感心しないな、愚弟」

傲慢さを隠すことのない刺々しさを伴った男の声。俺はうんざりしながら視線を返す。

　女性と見間違うほど髪を長く伸ばした、いかにも神経質そうな雰囲気の男。眼鏡（めがね）の奥で鋭い怜悧（れいり）な紫紺の瞳が俺たちを射抜いている。潔癖なのか室内でも白の手袋をはめていた。

　クリステラ王国第五王子フェルズ・ヴァン・クリステラ……血縁上の兄でもある男がそこにいた。

　面倒な奴に絡まれたな。リリーシュカに横目で「余計なことはするな」と告げると、訝（いぶか）しむような視線の後に小さな頷（うなず）きが返ってきた。

「残念ながら新しい入寮者だ。リリーシュカという名前くらいは知っているだろう？　加えて言えば、信じられないことに俺の婚約者でもある。今は寮を案内中だ」

「……なんだと？」

　フェルズの眉（まゆ）がつり上がり、猛禽（もうきん）にも似た眼が俺とリリーシュカを映し出す。

「疑うなら学園長にでも確認すればいい。帰ったばかりだからその辺にいるんじゃないか？」

「……くれぐれも余計な真似をするな。目障りだ」

　正当性はこちらにあることを主張すればフェルズも流石に強くは出てこない。苛立ち混じりに忠告だけするとサロンの方へ去っていく。

「……あの人って」

「第五王子だ」

「随分と傲慢な物言いなのね。王子なら納得だけれど」

「俺はお前が多少なりとも空気を読もうとしたことに驚いたな」

「……ああいう男の人は苦手なのよ」

苦虫を噛み潰したかのような表情で答える。こいつにも苦手なものがあったんだな。

「寮の案内はこれくらいにしておこう。珍しく人とまともに話したから疲れた」

「……本当にやる気がないのね」

「こればかりはどうにもならん。リリーシュカもそのつもりでいてくれ。婚約についても同じだ。俺は王……親父に脅されていてな。政略結婚を引き受けないとクリステラの次期国王にされるところだった」

「……本気で言ってるの？」

「冗談ならどれだけよかったか。親父はやると言ったらやる。だから話を受けたが──どうせ政略結婚だ」

ふああ、とあくびをしながら部屋の方へと踵を返し、

「お互い愛は必要ない。求められるのは建前だけ。表面上は婚約者としてやっていれば親父も魔女の国も文句は言うまい」

「……つまり？」

「嫌われ者同士、なるべく迷惑をかけずにやっていこうって話だ。ただでさえ悪い居心地を悪化させたくはないだろう？」

後に続いてくる足音だけを聞き、顔も見ずに提案する。

俺は成績最底辺で嫌われ者の『やる気なし王子』。リリーシュカは魔術に関する成績は良いものの、非常識な言動で集団から浮いている『氷の魔女』。

普通にしていても周囲には負の感情を抱かせてしまうのだから、それを許容する関係性の構築が必要不可欠。リリーシュカも態度からして政略結婚には乗り気じゃなさそうだ。俺も婚約を引き受けたのは王になりたくないというだけの理由。

手を取りあえる余地は辛うじてあると思う。

「私、周りのことには気を遣うつもりはないの。どうせ深い関係にならないんだから。あなたも似たようなものでしょう?」

「だが、そうとも言っていられない状況だ。俺とリリーシュカは婚約者で、しかも一緒に暮らすとなると、どうやっても関わることになる」

「大変不本意なことに、ね」

「……だからこそ最低限の協力体制だけは構築しておく方が楽になると思うが、どうだ?」

期待せずに問う。これは俺の望みだ。

可能な限り楽に事を済ませるために前提条件を整えておきたい。

「あなたの想定する最低限がどこまでなのか理解できないわ。なるべく具体的な例を挙げて」

「そうだな……例えば互いの私室に無断で入らないだとか、入浴の際は札をかけておくとか、そういうどちらかが不利益を被る事柄を最低限としておこう」

「構わないわ」

リリーシュカの答えは意外にも端的な承諾だった。

「意外だったたって顔をしているわね」

「隠したつもりだったんだがな」

「気を遣わなくていいわ。私も利があれば人の言葉を聞き入れるくらいの冷静さと知能はあるつもりよ。大抵のことは私が一人で魔術を使った方が手っ取り早いってだけ。今日だって可能な限り巻き込まないように魔術を使っていたはずよ」

「……あれで？」

今思い返しても巻き添え上等としか思えないんだが？

上級魔術を間近で放ったにしては俺たちへの被害は軽微だったが、だからといって許せるかと言えばそれはまた別の話。

……いや、もう何も言うまい。価値観が違い過ぎることを理解した。

今はリリーシュカとの消極的な協力関係が築けただけでもよしとしよう。

「……ともかく部屋に戻ろう。あれこれで疲れたし腹も空いた。俺は自分の部屋で食事するが
リリーシュカはどうする」

「部屋まで運んでもらえるの？　私も自室で……いえ、別の部屋を借りてもいいかしら。こん

なに部屋があるのなら使ってもいいでしょう？」

「空き部屋は適当に使っていい。もし立ち入って欲しくなければ札でもかけておいてくれ」

「そうさせてもらうわ。寝室に匂いがつくのは嫌だし、私一人で食堂を使っていたらさっきみたいに変な人に絡まれるかもしれないから」

私、王族じゃないし、と呟くリリーシュカは本当に自分が大魔女の直系……対外的には王族とさして変わらない血筋だとは思っていないように見えた。

第二章 ◇ 『花嫁授業』

「おい、あの話もう聞いたか？」

「二回生の問題児、我らがクリステラの第七王子『やる気なし王子』と『氷の魔女』が婚約するって話だろ？」

「そうそれ！　俺初めて聞いた時は自分の耳を疑ったね。王子の方はともかく、相手は孤高の『氷の魔女』とか信じられるか」

「俺は腹がよじれるくらい笑ったな。学内掲示板に張り出されてて、学園長の印まであるってことはまず間違いなく事実なんだろうが……」

同居生活を始めて数日経ったある日の朝。

一限の授業がある教室へ向かっていると隠す気のない話し声がそこかしこから聞こえて、思わず辟易としてしまう。

俺とリリーシュカは政略結婚に伴い、寮での同居を強いられた。それは受け入れたのだが、今度は俺たちの婚約を学内にも周知させるようにと国王……クソ親父から通達があったらしい。

仮にも一国の王子である俺が婚約するのだから、貴族の子息子女が集まる学園で告知するの

は理にかなっている。また、婚約者であるリリーシュカの身柄にもしものことがあれば、ヘクスブルフから責任問題を問われかねない。関係が拗れれば政略結婚も意味を失ってしまう。

とはいえ、ここまで注目されるとは思ってもいなかった。

普段は見下している『やる気なし王子』なんかの婚約には興味なんて抱かないだろうと高をくくっていたのだが、存外に注目度は高いらしい。

「……まったく、ほとほと嫌になる」

しばらくはこの注目が続くと思うと元からないやる気がさらに萎える。昼食もできる限り人目のない場所で取ったり、授業を受ける際も最後方の席を選ぶように——これはいつも通りだったか。

流石の俺でも最前列で堂々と居眠りをするのは気が引けるからな。人に迷惑をかけたいわけじゃない。ここは学園で、大半の生徒は真面目に学びたいと思っていることだろう。その邪魔をする気はない。

そんなことを考えている間に教室の前まで来ていた。扉を開けると、それなりに座席を埋めていた生徒の視線が一斉に俺へ向く。

……本当に勘弁してくれ。

なるべく表情を変えないように特等席となりつつある窓際最後方の座席——いい具合に陽射しが入ってきて、面白みのない授業を聞きながら居眠りするには最適の席に腰を落ち着ける。授業が始まるまでの猶予は数分ほど。それまで視線やらひそひそ話やらに耐えなければならないのかと悟り、現実逃避がてら机に突っ伏そうとすると、

「――ウィルくん。隣、座ってもいい？」

聞き馴れた声が間近から耳朶を叩いた。とてもじゃないが名指しで、知る限り一人しかこの呼び方をしないとわかっていれば無視なんて出来るはずがない。

顔を上げるとレーティアが椅子を引きながら柔らかな笑みを浮かべていた。

「……勝手にしてくれ。俺に座席を決める権限はないからな」

素っ気なく言えば「じゃあお言葉に甘えて」と流れるように隣に座り、授業で使う教科書を自分の前に揃えて置く。

「こんな後ろの席にいていいのか？」

「大丈夫だよ。後ろだからって誰かさんみたいに居眠りしたりサボったりしないし、二回生で受ける内容はほとんど頭に入ってるから。授業は復習の意味合いが強いし――って、こんな話をしに来たんじゃないの」

ずい、と詰め寄ってくるレーティア。前髪が軽く浮かび、ぱちりと睫毛が瞬く。その奥に嵌まった金色の瞳と、滑らかな曲面の赤い魔水晶という疑似的なオッドアイが「逃がさないよ」と言うように俺を映す。

「……レーティアも婚約の話か？」

「それ以外あると思う?」

「ないだろうな」

今の状況で俺を問い詰める理由なんてそれくらいしかない。

「ウィルくんの反応からして、あれは本当の話ってことでいいんだよね」

「まあ、な。相手についても同じだ」

「……そっか。まさかウィルくんが婚約するとは思ってなくて、わたしすごくびっくりしたんだから。しかも相手があのリリーシュカさんで、さらにびっくり。時期を考えるとリリーシュカさんは――」

言葉を続けようとしたレーティアだったが、わざわざ口にする必要はないと思い直したのか軽く頭を振って誤魔化した。

「公爵令嬢のお前になら事情は察せられるだろ。俺も一応、一国の王子だ。政治交渉の材料として使うには都合がいい」

「そうだけど……ウィルくんが婚約するなんて思ってもいなかったから」

「俺も不覚の事態だ。婚約なんて面倒だって気持ちは変わってないし、できることなら今すぐ破棄したいが、俺の一存で決められることじゃない。それに、今更そんなことをすれば俺にもリリーシュカにも不都合が生じる」

俺が次の王にさせられることとか、とは言わない。誰かに聞かれでもすれば話がねじ曲がって広まる可能性がある。そうなればあらぬ批判や誤解を生み、今よりも王子として生きにくくなる。

下手をすれば王の座を狙う他の王子王女に命を狙われるかもしれないし、対象が俺だけでなくリリーシュカやレーティアへ向かないとも限らない。

「そっか……ウィルくんも遂に婚約かあ。わたしにはもう縁のないことだから、ちょっとだけうらやましいかも。元々、わたしがウィルくんの婚約者だったのにね」

「もう何年も前の話だな」

「あの頃はわたしたちも小さくて、無邪気で、純粋で――世界のことを知らなかった。それが楽しくもあったけれど、まさかわたしが魔晶症にかかるなんて思いもしなかったから」

レーティアがそっと自分の左目のあたりを撫でながら口にする。

魔晶症は突然変異的に体内の魔力が結晶化し、激痛と共に継続的に魔力が吸収されて最終的に死に至る病だ。治療法も発見されていない。レーティアの場合、その症状は主に普段前髪で隠されている左目に現れていて、眼球の代わりに赤い水晶が収まっている。

「でも、ウィルくんがいたからわたしは生きてる。婚約者のお話はなくなっちゃったけど、それは公爵令嬢として仕方ないこと。いつ死ぬとも限らない人を王族の伴侶には出来ないから」

「……俺の伴侶になるのがさも幸せみたいに言うな」

「わたしにとっては幸せなことだし、恩返しをしたいと思うのは当然じゃない？」

純粋極まる言葉に俺はつい黙り込んでしまう。

あれは俺にとっても事故と呼ぶべきものだった。子どもながらに奇跡を望んだら運よく力を与えられ、結果的にレーティアを助けられただけのこと。なのにレーティアが感謝の念を抱え続けることには多少なりとも罪悪感がある。

「最近調子はどうだ？」

「お医者さんからも進行は緩やかだって診断されてるし、症状も特にないから大丈夫。心配してくれてるの？」

「そりゃあするだろ。一度面倒見たのなら途中でほったらかしは無責任が過ぎる」

「……そういうところは昔から変わってないよね、ウィルくん」

微笑（ほほえ）ましい目を向けられるのはむず痒（がゆ）い。昔のことも知られているから猶更（なおさら）だ。

雑談に花を咲かせていると、教室の雰囲気が変わったことを肌で感じ取る。なにかと思えば話題の片割れの人物――なんだかんだで見慣れてしまった銀髪の婚約者、リリーシュカが教室に入ってきたところだった。

レーティアも気づいたらしく、何を考えたのかリリーシュカの元へ駆け寄ったかと思えば俺の方に連れてきてしまった。

座席の並び順は俺、リリーシュカ、レーティア。婚約者同士を並べようとか、いらない気を遣ったのだろう。

リリーシュカの困惑気味な青い瞳が俺とレーティア、それから気分を逸らすためなのか穏やかな晴れ模様の窓の外を行き来する。助けを求めているのかもしれないが、生憎と困っているのは俺も同じ。

「………これはどういうこと？」

「俺に聞かれてもわからん」

「リリーシュカさんにもお話を聞かせて欲しいなあと思って」

「……ルチルローゼさん、よね。三大公爵家の」

「そうだけど、あまり堅苦しく考えないで欲しいかな。わたしたちは同じ学園に通う生徒なんだから。ウィルくんと婚約するのなら是非とも仲良くしたいと思って」

「私と？」

「リリーシュカさん以外に誰がいるの？」

「私しかいないけれど……仲良くなんてしていたらあなたの評判に傷がつくわ」

「リリーシュカの心配はもっともだが、なら俺と話すのも良くはないな。貴族平民問わず馬鹿にされるやる気なし王子だ」

何も変わらないだろう？　と皮肉交じりに言ってやれば「それもそうね」と全く遠慮のない返事があった。

俺たちとレーティアが一緒にいたところで批判はレーティアには向かない。落ち目の王子や他国の留学生よりも有力な公爵家というわけだ。

そのレーティアがリリーシュカの両手を取り、

「リリーシュカさんとは一度ちゃんとお話ししてみたいと思っていたの。あなたの魔術、本当にすごいと思っていたから」

知的好奇心をこれでもかと目線に押し出したレーティアがリリーシュカを捉える。始まった、と俺は一人ため息をつく。

レーティアも魔術学園には推薦枠で入学している。魔術的な技能よりも知識研究の面を大きく評価された結果だ。魔術のこととなると目がなく、学園単位で見ても特に魔術を得意としているリリーシュカには興味があったのだろう。

「四大元素の中でも氷……水の上位属性を扱えるだけでもすごいのに、中級魔術も簡単に使っているでしょう？　展開も早いし、威力も申し分ない。使い慣れてるって一目でわかった」

「…………そんなことないわ。時間さえあれば誰にでも出来ることよ。暇な時間に出来ることが魔術の練習くらいしかなかったの」

リリーシュカが「私って寂しい人間だから」と反応に困る一言を最後につけ足す。この状況でそれを口にするのは協調性という言葉が頭から抜けているからだろうか。社交性がずば抜けて高いレーティアでさえ「え、わたし変なこと言っちゃった……？」と視線をオロオロさせ、俺へ助けを求めてくる。

「レーティアは魔術のこととなると目がなくてな。二人とも成績上位者かつ同性だから、俺より話も合うんじゃないか？」

「それ、ウィルくんに言われると皮肉たっぷりにしか聞こえないよ？　本気を出せば学年一位くらい簡単に取れること、わたしは知ってるんだから」

「……そうなの？」

「ウィルくんは考査の点数が赤点ギリギリになるように調整してるの。その方が明らかに面倒だと思うのにね。答えた問題は全問正解できるって確信がないと出来ないから」

「授業をちゃんと聞いていれば全問正解できる作りだから不都合はない。点数調節をしているのは満点を取る方が面倒なことになるからだ。考えてもみろ。大多数が見下していた『やる気なし王子』が学年首席になったら、ただでさえ多いやっかみがさらに増えかねない」

考査の点数調節は必要経費と割り切っている。なるべく平穏な学園生活を送るためには仕方のない犠牲だ。……まあ、それも今日で終わった気がするが。

「でも、そうだね。わたし、リリーシュカさんともっとお話ししたいな。ウィルくんとの婚約についてもそうだし……普通に話せるお友達はずっと欲しいと思っていたの」

「……私がルチルローゼさんと友達に？」

「もしかして嫌だった、かな」

「そんなことないけれど……本当にいいの？　学園に馴染めていない私といると陰口とか、よくない噂とか、色々迷惑かけるかもしれないわ。いいえ、かけるわ」

「大丈夫。いざとなったらウィルくんが守ってくれるから。ね？」

「肝心なところは俺任せかよ」

「本当に困ったときはウィルくんが助けてくれるってわたしは信じてるから。普段はだらしなくて素直じゃないし人の気持ちをまるで考えないように見えるけど……大事な時に優しくて頼りになるのは昔のまま。だからリリーシュカさんもウィルくんをほんのちょっとでいいから信じて欲しいかな」

レーティアが俺のことを好き放題言っているが、取り合う気はさらさらない。

「……こんな私でよければ今後も仲良くしてくれると嬉しいわ、ルチルローゼさん」

「レーティアでいいよ。わたしはリリーシュカちゃんって呼ばせてもらってもいい？」

「…………ちゃん付けはちょっと可愛すぎないかしら、その……レーティア、さん」

「さんもなし。お友達でしょう？」

「慣れていないのよ……」

照れているのか伏せた顔は僅かに赤い。

リリーシュカは胸元を手で摩って呼吸を落ち着けると、

「……でも、名前で呼ぶとウィルと被ってしまうわね」

「それならティアって呼んで！　家族や仲のいい人はそう呼ぶから。ウィルくんはもう呼んでくれなくなっちゃったけどね」

「なら……ティア。これで本当にいいの？　変じゃないわよね？」

「うんうん、いい感じ。どうせならわたしもそういう風に呼ばせてもらおうかな。リリーシュカだから――リーシュなんてどう？」

「構わないけれど……リーシュと呼ばれたのは初めてね」

　盛り上がるレーティアとついていけていないリリーシュカの対比は、傍から見ている限りは面白い。元々人望も厚いレーティアが緩衝材として機能しているのか、リリーシュカを嫌う貴族連中の視線も幾分か和らいでいる。俺に対する負の感情は一切変わらず、なんなら強まっている現状には若干の理不尽を感じないでもない。

「多少は可愛げがあった方が丁度いいな」

「なんとなく馬鹿にされている感じがするのだけど」

「レーティアはいいんだな」

「同性だし、いい人なのは知っていたから」

「リーシュにもそう思って貰えてたのなら嬉しいな。わたしもリーシュはもうちょっと硬い人なのかなと思っていたけれど、実は面白い人だとわかったから」

　面白い人と評価されたリリーシュカは「これは褒められているのかしら？」と小声で呟くも、答えを返せる人間はいない。

ともあれ二人の仲が良くなるのはいいこと……多分いいことだ。

俺たちが話していた時間は思いのほか長かったのか始業を告げるベルが鳴り、教師が入ってきた。形だけは真面目に授業を受けているように見せるため教科書など必要なものを机に広げて、退屈を噛(か)み殺しながら前を向くのだった。

◇

「……どこへ行っても私たちの話題ばかり。学園には暇人しかいないの？」

授業が終わって寮に戻ると、リビングからリリーシュカの悪態が聞こえる。あからさまに機嫌が悪そうだ。しかも珍しくリビングにいるらしい。

「俺たちじゃなきゃ祝福されて終わりだろうが、残念なことに嫌われ者だ。しばらくはこの空気感が続くだろうな」

「……帰ってくるなり盗み聞きなんて感心しないわね」

「なら独り言をやめてくれ。俺だって聞きたくて聞いたんじゃない」

目を合わせないままネクタイを解き、羽織っていただけのジャケットも脱いでしまう。

「そういえば、レーティアと話していた時は随分と大人しかったな。さしもの『氷の魔女』様も三大公爵家が相手となれば敬意を払う対象に成り得ると」

「その呼び方はやめて。偶然の一致だとしても嫌。誰も彼も丁度いいからって勝手に呼んでるのはわかっているけれど」

「偶然の一致?」

ヘクスブルフでも『氷の魔女』と呼ばれていたのだろうか。

「あと、公爵令嬢だからって敬意を払うのなら、それより身分が上のあなたにも敬意を払うべきだと思うのよ」

「単純に人間性の違いってわけか。俺に対してぞんざいな態度なのも頷ける」

「よくわかってるじゃない」

満足げに頷くリリーシュカ。婚約者とはいえ王子に物怖じしないあたり貴族社会に向いていそうだと思ったが、全部暴力的な魔術で解決しそうだからやっぱりダメかもしれない。

「そもそもあなた、王子として敬われたいなんて思っていないでしょう?」

「好きにしてくれとは思ってる。王子らしいことをしてる自覚はないが、王子という地位自体は変わらない。だから『やる気なし王子』なんて捻りもない呼び名が定着している訳だが」

「あなたという人間を端的に表すいい言葉ね」

「全くだ。初めに言いだした奴に褒賞でも用意した方がいいのかと思ったこともあったが、探し出して内容を考えるのも面倒でな」

肩を竦めて答えればリリーシュカも鼻で笑う。

こんなに話したのは初めてだったが、今日は言いたいことが溜まっていたのだろう。俺が相手でも吐き出した方が楽ならそれでいい。機嫌が悪いまま居座られる方が個人的には嫌だ。

「俺はしばらく休んだら夕食にする。今日はラウンジで食べようと思っていたが、リリーシュカはどうする？」

「あなたが外で食べるなんて珍しいわね」

「たまには気分を変えたいってだけだ。こんな日は特に。ついてきたければ好きにしろ」

一方的に告げるとリリーシュカは少しだけ迷うような素振りを見せた後に「……私は部屋で食べるわ」と断り、紅茶を淹れなおすためかキッチンへ。

俺はラウンジで食事を取り、大浴場で入浴を終えて部屋に戻ると浴室から水音が聞こえてくる。扉には入浴中の札。リリーシュカが入っているのだろう。

気にせずキッチンで食後の紅茶を淹れて自室へ。ノイから押し付けられた分厚い本のページを捲りつつ一息入れていると、

「きゃあああああぁぁぁぁぁああああっ⁉」

甲高い悲鳴が響いた。

何事かと思ってリビングの様子を窺うと、すぐにどたばたと足音が鳴ってから勢いよく浴室の扉が開き――リリーシュカが必死の形相で飛び出してきた。

しかも、全裸で。

肌はほんのりとした朱色。水気を帯び、しっとりと濡れた銀髪が身体の起伏に沿って張り付いている。リリーシュカの肢体は服越しよりもほっそりとした印象を受けるが、それでも女性的な丸みを帯びていた。起伏は少ないながらも均整の取れたそれに視線が惹きつけられる。

だが、それ以上に違和感を放つものが胸の下に刻まれていた。

薄っすらと白い線の紋様。なにかの傷跡には見えず、自然と馴染むかのようにそこにあった。

リリーシュカは自分の状況に気づいていないのか、その余裕すら失っているのかわからないが、俺を見つけるなり腕を引っ張って、

「お風呂にアレが!!　黒いアレがっ!!」

……なにかと思えばそういうことか。

浴室に虫が出たのだろう。しかも特に苦手な人が多いアレが。いくら寮が立派と言えど虫が入るのはどうしようもない。

俺も虫はあまり好きではないが、過度に嫌いでもない。処理くらいならしてやるが……その前に伝えることがありそうだ。

「まず身体を隠せ。丸見えだぞ？」

「……、…………っ!?」

後で文句を付けられると覚悟して告げる。リリーシュカは視線をゆっくり下げ、全裸だったことに気づいたのか顔が真っ赤に染まる。

吊りあがったまなじり。人を殺せそうなほど鋭い視線を浴びながら「これは俺が悪いのか？」と自問自答をしていると、リリーシュカは部屋へ逃げた。

叱責は後回しで、浴室のアレも俺に丸投げするつもりらしい。

「本当に面倒だな……」

これも同居の弊害か……なんて考えながら浴室へ。

湯気の立ち込める浴室。魔力を探れば、ごく小さな黒い虫が目に入る。どうしようか迷った挙句、殺すのは忍びないと思い開けた窓へ魔術で逃がすことにした。

「隔て遮れ『障壁』」

虫と窓との間に魔力で透明な道を作って押し出すと、驚いた虫は羽を広げて夜空へ飛び去って行く。二度と入ってくるなよと見送り、解決したことをリリーシュカに伝えるべく部屋の扉をノックして、

「風呂場のはなんとかしておいたぞ」

返事に期待はしていなかったが、扉はゆっくりと開いた。身体を隠すためにタオルを巻き付けたリリーシュカが部屋の扉から顔だけを出してくる。

「……っ！　…………………ありがとう」

沈黙の後、囁くような感謝の言葉があった。こういうところは素直なのか。しかし、それとこれとは話が別と訴えるように鋭く睨んで、

「それより……また見たのね、私の身体」

「あの状況で見てないって言って信じられるか？　悪かったとは思ってるが不可抗力だ。忘れる努力はするから許してくれ」

謝罪をするも、リリーシュカはじーっと青色の瞳を向けてくる。怒りよりも懐疑や不安の色が強くて不思議に思ってしまう。

だが、最終的にリリーシュカも顔だけを出したまま「いきなり飛び出した私が悪いわ。ごめんなさい」と静かに謝っていた。顔だけ出して謝る理由は想像がつくので文句は付けない。

互いに謝罪も済んだなら一件落着だ。

「気にしてないから安心しろ。険悪なまま暮らすのは面倒だからな」

「……それはそれでなんだか腹が立つわね。まるで私の身体に何一つとして魅力を感じなかったと言われているみたいで」

「知り合って間もない婚約相手に言われて嬉しいなら言ってやるが」

「…………あなたは私の身体を見て綺麗（きれい）だとか、そういう感情を抱いたの？」

試すような視線。失敗したなと悔いるもリリーシュカの視線は固まったまま。何かしらの答えを提示するまでは話を終わらせてくれそうにない。

本当に面倒だ。

忘れると言った手前、あまり思い出したくはなかったが、そのときの感情をなるべく詳細に

掘り起こし、

「綺麗だったと思うぞ。少なくとも負の感情を抱くことはなかった。体型も痩せすぎず太りすぎずで健康的。俺が伝えられることはこれくらいだな」

「……そういうことにしておくわ」

やはり言わない方が良かったのではと思っても、一度表に出した言葉は取り消せない。嫌なら嫌とはっきり言ってくれた方が楽だが、反応を見るに文句をつける気はないのだろう。

まあ、これで「変態」などと暴言を投げられるのは結構な理不尽だと思うが。

「騒がしくしてごめんなさい。虫も追い払ってくれてありがとう。お風呂、入り直してくるわ」

リリーシュカが浴室に移動するのを視界に収めないようにして、扉が閉まったことを音で確認してから息をつく。

これが異性との……もとい、婚約者との同居生活。何を考えているのかさっぱり理解できないリリーシュカとの同棲はまだ始まったばかり。

これ以上の面倒事を避けるべく、再び自室へ引きこもることにした。

◇

「――これにて授業を終了とする」

淡々とした教師の声でうたた寝をしていた俺は目を覚まし、軽く伸びをした。パキパキと小気味いい音が背中の方から鳴り、細く息を吐きだしながら黒板をぼんやりと眺める。

さっきまでやっていた授業は魔術概論……要は魔術そのものについての知識を深めるための授業だ。というのも、魔術は大きく四種類に分類される。

一般的に魔術として扱われるのは現代魔術（プリス）──長きに渡って最適化が行われてきた、現行で扱われる魔術のことだ。火水風土の四大元素魔術と属性変換をしない無属性魔術を基礎として、特殊属性魔術や東方の国を発祥とする一部の呪術（じゅじゅつ）、巫術（ふじゅつ）などがこれに当てはまる。

現代魔術の他にも古代魔術（オールド）──遥か昔、神々が地上を支配していたと言い伝えられる神代の後に用いられていた魔術形態がある。古代魔術は現代魔術の原型で基本的には非効率で威力も劣るものが大半だが、中には現代魔術として確立できなかった特異な効果の魔術も存在する。代表的なものは祈禱（きとう）術や秘蹟（ひせき）などの神を対象とした信仰魔術だろう。流石の人間も神への信仰を効率化することはできなかったらしい。

それら二種の魔術の中で凶悪な効果を秘めているが故に使用を禁じられている禁忌魔術（タブー）があり、全くの別枠として神代魔術（プリミティブ）が設けられている。

基本的に魔術学園で学ぶのは現代魔術、特に基礎となる無属性と四大元素について教わる。特殊属性については本人の資質による部分が多いため、授業ではカバーしきれない。古代魔術についても同様で、禁忌魔術に関してはもってのほか。神代魔術は過去の伝聞が僅かに残っているばかりで、使い手の存在が語られることはまずない。

というのも神代魔術は人が生まれる前、神々が地上を支配していた神代に用いられていた魔術——とされている。伝聞形で語るくらいしか現代まで伝えられている情報がない。

これはほんのさわりの部分ではあるが、授業の内容は既にノイによって叩き込まれている。そのため担当教師には何の罪もないが、座学の授業は格別にやる気がないのだ。

「次の授業は……合成学か。前回の終わりに実験って告知されていたな」

実験で居眠りは無理だ。ある程度は真面目に受ける必要があるらしい。

実験棟は普通の教室がある校舎からは少し離れた場所にある。その二つを繋ぐ通路を移動中にも見られているのはわかっていたが完全に無視。合成実験室に入り、空いている席を探すと……あろうことかリリーシュカの隣しかなかった。

関わりたくないのは理解できるが、ここまで露骨にしなくてもいいだろうに。原因の一端は俺にもあるから甘んじて受け入れるが。

「隣、座らせてもらうぞ」

「勝手にしなさい。どうせあまりものの席なんだから」

一声かけるも素っ気なく返され、リリーシュカは今日行う実験の手順が書かれたページへ再び視線を落とす。

俺も念のため実験手順を確認していると、始業のベルが鳴ってすぐに教師が入ってきた。壮

年の男性教師は険しい目つきで教室を見渡すと、

「全員そろっているな。これより合成学の授業を始める。本日行うのはアシッドポーション――銅や鉄を溶かす酸性液の合成だ。材料はそれぞれのテーブルに準備してある。手順通りに合成すれば危険はほぼない実験だ。間違えたとしても多少爆発する程度の被害しか起きんが、失敗した者は減点とする」

教師の説明が終わり、実験が始まる。この程度の実験で失敗することはないだろう。教科書に手順が書いてあるのだから冷静に一つずつ進めていけばいい。

「鍋に満たした水を沸騰させるところからか」

用意されていたやや古い型の魔力式コンロに魔力を通して鍋に満たした水を加熱する。

この手の魔道具には使い手が魔力を自分で供給する魔力式と、魔石を用いて魔力を供給する魔石式の2パターンがある。魔術学園の備品は大抵が魔力式だろう。

水を沸かしている間に岩塩を3グラム、砂糖を5グラム計っておき、材料となる魔力草と黄酸草を、器具を使って粗めに磨り潰す。適当な具合になったところでもう一つの材料であるシビレカエルの麻痺袋を加えてペースト状になるまで再度磨り潰し、最後に計っておいた岩塩と砂糖を軽く混ぜ合わせる。

すると目の奥に染みる、やや酸っぱい匂いが漂い始め、誰かが窓を開けて換気を始めた。

「染みるわね……」

隣のリリーシュカも嫌そうに呟きながら手の甲で目を擦ろうとしていたが、思い出したかのように手を止めて両目を瞑った。ここで擦ると余計に症状が酷くなってしまう。

魔術的な実験を行う際の注意点の一つとして、実験中はみだりに目や口、素肌に触れないというものがある。触れただけで肌が爛れたり、失明したりする危険な素材を扱うときになるべく被害を抑えるための予防策だ。今回はそこまで強い効果を持った材料はないが、危険度の低いうちから意識づけしておくことが大事だ。

俺も黙々と材料を磨り潰し、混ぜ合わせた黄緑色のペーストを鍋へ投下する。沸騰した湯に溶け始め、さらに強い臭いを放ちながら鍋があっという間に黄緑色に染まる。

俺と同じくらいのタイミングで鍋を煮始めた生徒が多く、換気が追いつかないほどの臭いが教室へ一気に充満し、

「こほっ……凄い臭いだな。目も痛いし、こんなところに長時間いたら本当に体調を悪くしそうだ」

顔を顰めながら咳込んだ。

鍋を煮続けながら浮かんでくる灰汁を取り除き、僅かに色が濃くなってとろみがつき始めたのを確認して火を止める。その鍋をある程度冷ましてから流しに持っていき、目の細かい布で液体を濾して不純物を取り除く。数度行うと鍋には深緑色のさらりとした液体だけが残っていた。これを掬い取ってガラス瓶に流し、封をすればアシッドポーションの完成だ。

「……やっと終わったか」

失敗するとは思っていなかったが、なんといっても臭いがきつい。あちこちで他の生徒も完成し始めていたため、早いうちに教師へ提出する。順番が回ってきたところで教師にガラス瓶を手渡すと、封を開けて試験用の極薄の鉄板に数滴落とす。

「合格だ」

教師に一礼して列を離れ、使った器具を洗いに戻る途中。

「うわっ！」

突如上がった誰かの声に振り向けば、躓(つまず)いたのか床に倒れる男子生徒と――彼が持っていたであろう鍋が宙を舞っていた。鍋の中に白い布が入っていることから液体そのものはガラス瓶に移し終えた後だが、搾りかすとでも呼ぶべきものはまだ残っているのだろう。

酸としての効能も当然有したそれの落下地点にいたのはリリーシュカ。しかも鍋が飛んできているのに気づいた様子がない。

「リリーシュカっ！」

辛うじて出た警告で俺の方を向き、はっとした表情に変わる。落ちてくる鍋の存在に気づいたのだろうが間に合わなかった。バーンっ‼　と鍋が床に叩きつけられ、布に包まれていた搾りかすと染み出していた液体が周囲に飛散する。

それは当然のように無防備だったリリーシュカへ降りかかり、

「…………」

目を守ろうとしたのか顔を伏せたまま沈黙していた。しかし何を思ったか編み込んだ髪から髪留めを外して手元で確かめると、胸元で祈るように握り込んだ。

まずいと誰もが思ったのか、異様な沈黙だけが教室を満たす。

転んだ男子生徒はリリーシュカを見ながら顔を青ざめさせていた。教師は準備室に戻っているのか姿が見えない。

反応を見るに目や口には入っていないようだ。体表に魔力を纏わせるのも間に合っている。制服は駄目そうだが、物は新調すればどうとでもなる。

見渡す限り誰も動こうとする者がいないことに苛立ちを覚え、舌打ちをしつつ手持ちのハンカチを濡らして絞り、

「リリーシュカ、目には入ってないか。入っているなら擦らず流水で洗い流せ。髪にかかった分は拭くぞ。制服は諦めて新しいものを揃えた方が賢明だ」

一方的に告げて髪に付着している黄緑色の液体や搾りかすを拭き取ると、やや遅れて両瞼を開けたリリーシュカが俺のことを困惑気味に覗き込んでいた。

「……目は大丈夫よ。髪と制服はダメそうね」

「髪についている分はあらかた拭き取ったが、今すぐシャワーを浴びるなりして洗い流せ」

「…………そうさせてもらうわ」

「わたし、替えの制服を借りるついでに付き添います！」

呆然としているリリーシュカを放っておけなかったのだろう、一足早く実験を終えていたレーティアが手を引いて教室を出て行く。二人なら悪いようにはならないはずだ。

二人の背を見送ると他の生徒も我を取り戻したのか、慌ただしく動き始める。俺も床にぶちまけられた黄緑色のそれを眺め、流石にこれを片付けるのは俺の仕事じゃないなと結論づけて自分の席に戻ろうとすると、

「──申し訳ありませんでした……っ！」

真後ろでなにやら謝罪する声が聞こえる。振り向くと転んで鍋をぶちまけた男子生徒が深々と頭を下げていた。

「謝るべきは俺じゃない。悪いと思っているならリリーシュカに直接伝えるんだな」

「……っ！」

「許してもらえるかはあいつ次第だが、誠心誠意の謝罪を無碍にするほど鬼じゃない……はずだ。多分な」

彼の処遇は俺が決めることじゃない。穏当に許されることを祈るばかりだ。

◇

「……………直りそうにないわね」

ぬるいシャワーを浴びながら、とめどなく響く水音で波立つ気持ちを無理やりに押し込めて、呑み下す。

制服は新調するしかない。制服の代わりはティアが置いていてくれたみたいだから、ありがたくそれを使わせてもらおう。

髪についた分は……どういうわけか、率先して駆けつけたウィルが拭いてくれたからほとんど大丈夫だし、液が掛かる寸前で魔力抵抗が間に合ったのが功を奏した。

でも、髪留めはダメそうだった。銀細工に小さな青い魔晶石が嵌められたそれは酸の影響で表面がまばらに溶けて、僅かに黄緑色も移ってしまっていた。

この髪留めは母親から貰い受けたものらしい。

というのも私は子どもの頃の記憶をほとんど失っていて、母親から髪留めを貰ったことも覚えていない。しかし周りの人は私が母親から貰っていたことを知っていて、それを裏付ける風習がヘクスブルフの魔術師の間にはあった。

ヘクスブルフの魔術師は子の門出を祝い、魔晶石があしらわれたアクセサリーを贈ることがある。私の場合それが銀の髪留めだった。記憶はなくとも思い入れのある大切な物だから、言葉を失うくらいの衝撃を受けてしまった。

「どうしたら、いいのかしら」

わからない。

修理に出そうにも職人のことはあまり知らないし、このまま付けることもできない。誰かに頼れたらいいのかもしれないけれど、私に頼れる人なんて――

「……あなたも、どうして私を助けようとしたのよ」

あの教室で真っ先に駆け付けたのはウィルだった。

何事に対してもめんどくさそうで、誰にも興味がないような顔をしていながら、誰よりも私を見ていた。

偶然目を向けただけかもしれない。でも、名前を呼ぶには意思が必要。それどころか濡らしたハンカチで髪を拭う時点で明白だ。

「………政略結婚なのよ？　愛なんて必要ない。建前があれば十分――そう言ったのはあなたじゃない」

細い呟き。

もう十分に浴びたものは流せただろうと思いシャワーを止めると、嫌な静寂がまとわりついている気がしてため息を零す。

一緒に暮らし始めて一週間も経っていないのにこの有様なんて、情けない。私は独りでいるべき人間――孤独こそが居場所だと、何年も前に身をもって知ったはずでしょう？

用意していたタオルを体に巻き付けてシャワールームを後にし、脱衣所でティアが用意してくれた制服に着替えようとして。

「…………ない。髪留めが、なくなってる……？」

脱いだ服と一緒に置いていたはずの髪留めが籠の中から消えていた。

◇

「今日は災難だったな……」

授業を終え、部屋でくつろいでいた俺がキッチンへ紅茶を淹れに向かうと、リリーシュカの気配を感じないことに気づく。

「まだ帰っていないのか？」

俺もリリーシュカも友人らしい友人がいないため、授業が終われば寄り道することなく寮に帰り、各々の時間を過ごすのがいつもの流れだ。

とはいえ何かしらの用事が入って帰りが遅くなるのもあり得ない話ではない。教師に実験の準備を手伝わされたり、学園迷宮で動植物の素材を採集することもあるだろう。とくに後者は平民の生徒が、学費や生活用品代を稼ぐ手段にもなっている。

リリーシュカなら単身で学園迷宮に潜ってもさほどの危険はないだろう。想定外のアクシデントや油断があれば別だが、この数日見ていた限りではそういうタイプでもないと思う。

寮に門限は設定されていないのだから特に気にせず自分の生活を優先すればいい。

そう、思っていたのだが。

部屋の呼鈴が鳴る。これは基本的に寮の職員が入寮者を呼び出すときに使うものだ。清掃や洗濯は頼んでいなかったはずだが、と思いながらも出てみると、寮の職員が恭しく礼をして、

「ウィル様。ルチルローゼ様が面会を求めております。いかがいたしましょうか」

「……レーティアが俺に？　すぐ向かう」

「かしこまりました」

俺のような半端な王子にも礼を尽くす職員が踵を返した。身なりを整えてからロビーへ向かう。すると、ソファに座っていたレーティアが俺に気づいた途端に勢いよく立ち上がり、不安げな表情で駆け寄ってくる。

「何があった？」

「……合成学の授業の後からリーシュのことを見てないの。同じ授業もあったはずなのにいなくて。何もなければそれでいいけど……寮には帰ってるんだよね？」

「……いや、リリーシュカはまだ帰ってないはずだ」

「本当に？」

「俺が最後にリリーシュカを見たのも合成学だ。その後は知らない」

「私はシャワールームに替えの制服を置きに行ったとき、かな。まだシャワーを浴びていたみ

たいだったから直接会ってないけれど」

「行方(ゆくえ)をくらましたのはその後か。どう思う？」

「……何かしらのトラブルに巻き込まれたのかな。リーシュは無断で授業を休む性格じゃない。誰かさんとは違ってね」

やんわりと問い詰めるかのような金色の瞳に俺は苦笑しか返せない。

「ウィルくんは心配じゃないの？」

「俺はリリーシュカの親じゃない。このくらいの時間に帰ってないからって捜すのは過保護だと思うが」

「それはそうかもしれないけど……授業に出てなかったんだよ？」

「サボりたい日くらい誰にでもあるだろ」

「でも……っ」

縋(すが)るような目。しかし、それに応(こた)える意思を俺は持っていない。

「今日一日は様子を見る。明日になっても帰って来てなければ捜す。それでいいか？」

「……わかった」

「くれぐれも一人で学園迷宮を捜そうとか考えるなよ」

「わかってるよ。わかってるけど……もしもリーシュがいなくなったのが私のせいだったらって考えると――」

「表では仲良くして、裏では嫌うなんて器用なことができるやつじゃない」

肩を軽く叩いて告げると、まだ心配そうな表情をしていたが辛うじて納得したらしい。

「……じゃあ、わたしは帰るね」

「送っていこう。外はもう暗いし、一人で捜しに行かれても困る」

「元婚約者なんだから少しくらいは信じてよ」

「信じてるからこその妥当な評価だと思うが？」

本人は認めないだろうが、レーティアは相当なお人好しだ。勝手に責任を感じてリリーシュカを捜しに出ないとも限らない。

陽が落ち、月が昇り始めた。一定の暗さになると自動で点灯する魔力灯が道を照らしだす。

「ここまでで大丈夫だよ。ウィルくん、送ってくれてありがとね」

「気にするな。レーティアまでいなくなったら流石に困る」

「……そういうところ、昔から変わらないね」

ふふ、と微笑んでみせたレーティアは「また明日ね」と手を振るが、俺は「ああ」と返すに留めて寮に入っていくのを見送る。

陽も落ちたことで気温も下がり、涼やかな風が頬を撫ぜる。もうじき本格的に暗くなるし、腹も空く頃合いだ。

「…………手のかかる魔女だな」

呆(あき)れ混じりの呟きは、再び吹いた風に攫(さら)われた。

もしもこのままリリーシュカが帰ってこなかったとして困るのは俺だ。レーティアにはリリーシュカを捜すのは明日からと言ったが……。

まあいいさ、たまには夜の散歩も悪くない。

「あてもなく歩き回るのは無駄だが、ときにはその無駄も役に立つだろうさ」

この学園は夜でも開いている施設がいくつもある。
研究に使われる工房や実験室は翌日の授業が始まるまで人がいることも珍しくなく、夜食を求める者は購買部へ流れ込む。学園迷宮への門(ゲート)も常時開放されていて、空き時間を見計らって魔術の研鑽(けんさん)や小遣(こづか)い稼ぎに勤(いそ)しむ生徒もそれなりにいる。
寮には門限がなく、何があっても自己責任。迷宮で消息を絶ったとしても、学園側が行方不明者として捜索を行うのは一か月経った後か、生徒会へ提出した捜索届が受理された場合のみという放任状態。自主性を重んじると言えば聞こえはいいが、ある種の無法地帯的な側面が存在している。
「迷宮内は行けないな。手元には杖(つえ)しかないし、剣があったとしても一人で捜せる広さじゃない。人目の多い場所を巡りつつ、情報収集をする方針でいこう」

もしかするとリリーシュカを見かけた人がいるかもしれない。学内では婚約の件で有名だろうし、容姿もかなり目を引く。迷宮ではなく敷地内にいるなら目撃証言が上がるはず。

噴水広場、校舎前と移動するが、運も悪いのか誰とも遭遇することがなかった。迷った末に実験棟の方へ足を運ぶことにした。あそこならこの時間でも人がいるだろう。

「――すまない、尋ねたいことがある」

その読みは的中し、実験棟に向かう途中に三人組の生徒を発見したため声をかけた。すると彼らは快く「どうしたんだ？」と答えてくれる。

俺に話しかけられて嫌な顔をしないとは珍しいと思ったが、夜闇（やあん）で人相がわかりにくくなっているのかもしれない。名前と評判は知っていても顔まではっきり覚えていない者もいるだろう。

「リリーシュカという女子生徒を知らないか？」

「名前だけなら知っているさ。やる気なし王子の婚約者だろう？　恐らく見ていないが、特徴だけでも教えてもらえると助かる」

「特徴か……そうだな。長い銀髪と青い瞳、編み込んだ髪につけた銀の髪留め、冷たい雰囲気のすまし顔だろうか」

「……いや、見ていないな。力になれなくてすまない。もし見かけたら君が捜していたと伝えようか？」

「いや、いい。気持ちだけ受け取っておこう。別段急ぎでもない。心配性の友人がいるものでな」

「良き友を持っているらしい」

人のいい笑顔を浮かべる彼に俺も「そうだな」と一言返し、すれ違うようにして彼らが来た方向へ。最後まで俺が『やる気なし王子』だと気づいた様子はなかった。同じ学園に通っていても顔が見えなければこんなものか。

それからも実験棟の周辺を歩き回り、出会った生徒にそれとなく聞いていくと、六番目に会った女子生徒から一つの目撃証言が出てきた。

曰く、一時間ほど前に大講堂裏で何かを探し回っている様子のリリーシュカらしき人物を見かけたのこと。少し離れた場所からだったため彼女も確証はないと言っていたが、手掛かりがないよりはいい。

証言を確かめるべく大講堂の周辺を捜索していると――茂みを掻きわける音と、遠目からでもぼんやりとした灯りが窺えた。

まさかな、と思いつつも近寄ってそれが何なのか確かめようとするが、

「………どこにも、ない」

意気消沈とした聞き覚えのある声が茂みの奥から聞こえた。

「――こんなところにいたのか、リリーシュカ」

当たりをつけて声をかけてみれば、すぐに反応があった。茂みががさごそと蠢(うごめ)き、小型の魔力ライトに照らされながら力なく立ち上がったのは探し人……リリーシュカ。

代替品の制服は早くも枝に引っ掛けたのかほつれている。顔は土で汚れていて、余程茂み漁(あさ)りに集中していたと見えるが、今にも泣きそうだ。

「……なんであなたがここにいるのよ」

「心配性のご令嬢が善意の通報をしてきてな。授業を全部サボるくらい楽しいことでもあったのか？」

「…………まさか私を捜しに来たの？　子どもじゃないんだから放っておいて」

「その割に大切にしていた宝物を失(な)くした子どもみたいな顔をしているが」

そう言うと、ばつが悪そうに顔ごと視線を逸らした。

なんとなく違和感を覚える。その正体を突き止めるべく、頭の中で記憶に残っているリリーシュカと一つ一つ照らし合わせて――

「髪留めがないのか」

「……っ⁉」

俺の呟きを答えだと認めるようにリリーシュカは肩を震わせる。

「合成学の後にシャワーを浴びて着替えるときに髪留めが無いのに気づいて、授業も出ずに一人で学園中を探していた……ってところか。大方誰かが忍び込んで盗み出し、その辺に捨てたんだろうな。典型的な嫌がらせだ」

「……だから何よ。あなたには関係ないわ。回れ右して寮に帰って」

「こんな暗がりで見つけられるわけが……いや、あの髪留めの青い石は魔晶石か？　だったら魔力探知で見つけられなくもないだろうが、ここは魔術学園だぞ？　魔力を帯びた物なんてそこら中にある。夜通し探したとしても見つかる保証はない。むしろ見つからない可能性の方が高いだろうな」

　敷地が広すぎるし、迷宮に捨てられていたら捜索は絶望的だ。

「髪留めが欲しければ新しいものを買えばいい。それとも、こんな遅い時間になるまで探すくらい大事なものだったのか？」

「――――うるさいっ!!」

　叩きつけられた一声。今まで聞いたどれとも重ならない悲しみと熱量が込められているように思えた。リリーシュカは俯(うつむ)いたまま両手でスカートの裾(すそ)を握りしめ、肩を震わせて立ち尽くす。その姿に僅かな違和感を抱きつつ口を噤(つぐ)む。

　ここまで感情的なリリーシュカは初めて見た。洟(はな)をすするような音が一、二度聞こえた後に、ゆっくりと顔を上げる。

目じりに溜まった涙を乱暴に袖で拭う。青い瞳に浮かんでいるはずの感情は顔を逸らされていたため窺えなかった。

「……突然声を荒げてごめんなさい。でも、心配はしなくていいから。遅くても日付が変わる頃には帰るわ」

取り繕っていることが丸わかりだった。

それを信用できるほど素直じゃないが、明らかに冷静さを欠いているリリーシュカに俺の言葉が届くとも思えなかった。とはいえ無事は確認できたのだから、明日レーティアにそのことを伝えるだけでいい。

「そうか。気をつけて帰れよ。くれぐれも迷わないようにな」

追及することなくその場を去ることにした。

俺には俺の事情があるように、リリーシュカにも相応の事情がある。政略結婚をしていようが本質的には他人に近い。あまり深入りしない方が互いのためだ。

大講堂の周辺から完全に離れ、通ってきた道をそのまま引き返して寮へ向かい、噴水広場へ差し掛かった頃。

「……周りには誰もいない、か」

軽く周囲の気配を探ったが、それらしい音も影も魔力の揺らぎも感じない。

……ここなら使ってもバレなさそうだ。

「馬鹿だな、俺も。失くしたものはそう簡単に取り戻せないと身をもって知っているはずなんだが」

柄でもないことをしているぞ、と自分に警告を促すも、確かめたいと思ったのだ。

いいいいいいいい、

なにかを失っているはずのリリーシュカがあそこまで執着するものの正体を。

「――――」

夜風に溶けるほどの声量で紡ぐ長ったらしい詠唱。

思考がぼやけて気分も萎え、やっぱりやめておけばよかったかと遅すぎる後悔が湧いてくる。

一度使うだけでもこれなのだから手に負えないが、短時間なら何とかなるだろう。

明日の授業は最悪全部サボることになるが、元から低い成績がさらに下方修正されるだけだ。減った分は適当に帳尻を合わせればいい。

それにしたって、本当に面倒なものを課されたものだ。

「探し物はさっさと見つけて飯にしよう」

世界が七色に色付き、探し物への道標が俺へと示される。

さて……もう少しだけ夜の散歩を続けるとしますかね。

「……慣れないことはするものじゃないな。怠いし、無限に寝られる気がするし、そもそもベッドから起き上がる気力も湧かない。今日はやっぱり自主休講だな」

授業？　単位？　とてもじゃないが今日は無理だ。こういう時、嫌われ者のやる気なし王子である利点をひしひしと感じる。普通なら取り巻きの貴族やらが付きまとってきてサボるどころじゃないだろうしな。

そんなわけで俺は二度寝の旅へ出ようとしたのだが、控えめに自室の扉がノックされた。

「……ウィル、私よ。聞きたいことがあるの。入ってもいいかしら」

同居人がこんな時間から珍しく俺に用があるらしい。

正直、今はろくに話す気力もない。寝ていたことにしてもいいだろうか。大事な用なら顔を合わせたときに聞いてくるだろう。

無断で互いの私室に入らないという取り決めもしてある以上、ここが俺の聖域であることに変わりない。そう思い枕に顔を埋めていると、あろうことか扉の金具が軽く軋む音が聞こえた。

……まさかリリーシュカが部屋に入ってきた？　決めごとを破って？

枕に顔を埋めたままでは真偽を判断できず、仕方なく寝返りを打つふりをして確認——

「……やっぱり寝たふりだったのね」

開けた扉の前に立ち止まり、俺を見下ろすように眺めていたリリーシュカがため息を一つ。

まんまと誘い出されたらしい。

何も聞かなかったことにしてもう一度寝返りを打つが、

「部屋の季節を冬にされたくなかったらさっさと起きなさい」

「…………最悪のモーニングコールだな」

部屋をめちゃくちゃにするぞと脅されては敵わず、這いずるようにして起き上がった。

「……俺に聞きたいことがあるんだろ？　なるべく手短にしてくれ。今日は自主休講を決めていてな。二度寝の予定が詰まってるんだ」

「それはそうなのだけれど……あなた、体調でも悪いの？　いつにも増してだらしないし、目に人間としてあるべき光がないわよ」

「誰しも調子には波がある。気にしなくても数日経てば元に戻るはずだ」

今日はもう部屋を出る気がなかったため、リビングでも部屋着のままだ。対するリリーシュカは授業もあるために制服を隙なく着込んでいるが、遅くまで髪留めを探していて寝不足なのか表情に薄っすらと疲労が滲んでいる。

「……そういうことにしておくわ。それよりも――私が聞きたいのはこれのことよ」

制服のポケットに手を入れ、取り出したものをテーブルに置く。見間違いでなければリリーシュカが必死になって探していた銀の髪留めだった。

「昨日、私が部屋に帰ってきたらテーブルの上に置いてあったわ。……これを拾ってきたのはあなたね？」

「リリーシュカと話してから寮に帰るまでに偶然それっぽいものを見つけたから確認のために置いただけだ。よかったな、見つかって」

「あのあたりはあなたと会う前に念入りに探したわ。はぐらかさないで正直に答えて。これをどこで見つけたの？　そもそもあなたが探す必要はないでしょう？　……何が目的？　私にさせたいことでもあるの？」

深まる疑念が視線に乗って伝わってくるも、俺は肩を竦めるのみ。

「もっと人を疑った方がいい。もしその髪留めが盗まれたとして、盗んだ者に指示をしたのが俺なら髪留めを持っている理由にもなる」

「そんな無駄なことをウィルがするとは思えないし、犯人を明かす術も持っていない。髪留めが返ってきたことは嬉しいけれど、もし本当にあなたが見つけてきたのなら相応のお礼をしないと気が済まないから」

リリーシュカの意思は固そうだ。

「疑うなら好きにしろ。俺がそれを偶然拾ったのは事実だ。これでいいか？」

「……初めから素直に認めればいいのに。ともかく――ありがとう、ウィル。形はどうあれ髪留めを見つけてくれて」

まだ俺に隠し事があるんじゃないかと疑ってはいたものの、髪留めを取り戻したことで相殺されたのか、リリーシュカは端的な謝礼の言葉に続いて頭を下げた。

「偶然の産物に感謝されてもな」

「この際なんでもいいわ。私にとって大事なのは髪留めが見つかったことだから」

しみじみと呟き、手に取った髪留めをそっと撫でる。リリーシュカの表情はいつにも増して穏やかだ。よほど大切だったのだろう。

「――この髪留めは母親から貰ったもの……らしいのよ」

「らしい？」

「九歳のとき、数年分の記憶を失ったのよ。だからこの髪留めを母親から貰ったことも覚えていない。でも、母親との間に残っているものはこれだけだから手放したくなかったのよ」

「……俺の記憶違いかもしれないから一応聞くが、大魔女はまだ生きているよな？」

「ええ。精神的な繋がりの話よ。らしくないって思うでしょ？」

自嘲気味に笑って、再び髪留めを指先で撫でる。綺麗な銀の光沢と青い小さな魔晶石がきらりと輝くが、一部だけくすんだ黄緑色に変色していた。

「銀細工師に頼めば直してもらえると思うが」

「私にそういう人の伝手があると思う？」

「必要なら依頼を送るくらいはしてやる。費用の分は貸し一つでいい」

「……頼らせてもらってもいいかしら」

「折を見て送っておこう。俺の名前を出せば邪険にされることもあるまい」

「……ありがとう」

顔をくしゃりとさせて泣きそうな雰囲気を醸しながらも口にする。

いつもこれくらい素直なら関わりやすいんだがな。

「昨日は心配させて、ごめんなさい」

「心配していたのはレーティアだ」

「探しに来たのはあなたでしょう？」

「安否確認だけはしておかないと、どこぞのご令嬢に際限なくリリーシュカの捜索に連れまわされそうだったからな。顔を合わせたら無事を言い聞かせておいてくれ」

「………………ちゃんと言っておくわ」

まさかそこまでレーティアに心配されているとは思っていなかったんだろう。

これで一件落着。リリーシュカの話も終わっただろうと席を立とうとしたのだが、

「待って。もう一つ、話しておきたいことがあるの」

「……一限に遅刻するぞ？」

「構わないわ。どこかの誰かと違って成績には余裕があるもの」

口角を僅かに上げて笑むリリーシュカ。早々に撤退を諦め、再びソファに座り直す。

「今回の一件で改めて思ったの。私は異物なんだって。本来ここにいるべきではない……それどころか政略結婚で異国の王子と婚約なんて迷惑をかけるだけ。そう思えて仕方ないの」

打って変わって神妙な面持ちで告げられたのはそんな言葉だった。

自分が異物で、迷惑をかけるだけ……ねえ。

「そうかもな。実際、俺たちの婚約だけでなく存在すらも歓迎しない奴は多い。髪留めを盗んだ犯人に心当たりはないが、いたずら気分でやるような奴は大勢いるだろうな」

念入りに調べれば証拠が出る可能性はある。しかし、俺はともかくリリーシュカにも犯人捜しをする気はなさそうだ。

「私が学園にいる理由は国家間で結ばれた休戦協定の担保として選ばれたからよ。大魔女の娘なら色々と利用価値もある。だからこの部屋からも離れられない」

「お互い不幸な政略結婚だったわけだ」

「しかも私は学園に馴染めなかった。根本的な部分から学園の生徒とは違うのよ。記憶は失くしているし、培ってきたものは魔術の知識や経験ばかりで他の人と関係性を築くという思考がどうしようもなく不足していた。結果、私は異物として扱われる現状を変えようとすら思えなかった」

これはつまり、あれか。

「他の奴らが羨(うらや)ましいのか？」

「……そう、かもしれないわね」

さらりと流れる銀髪の隙間で色付く青の瞳にはどこか陰がある。

俺も王子として将来を期待されていた時期があった。毎日のように礼儀作法、剣術魔術、勉学と一日の中に王子として必要な事柄が詰め込まれていて、それを当たり前のことだと受け入れていた。

しかし王子としての生活が変わったことを後悔はしていないし、戻りたいとも思わない。

他の誰もが俺を見捨てても、信じてくれる人がいた。だから完全な孤独にはならなかったが……果たしてリリーシュカにそういう人はいるのだろうか。

何もかもを曝け出しても認め、受け入れてくれる人が。

「他人に理解されない言動ばかりなのは自覚してる。でも、それでよかったのよ。独りなら傷つくことも傷つけることもない。けれど政略結婚の話でそうも言っていられなくなった」

「俺やレーティアがいるからか？」

「……言ってしまえばそうよ。しかもその二人は私なんかのために時間を使うお人好しだったのよ？　――感情を濁すことなく言葉に換えるなら、少なからず嬉しかったんだと思うわ」

リリーシュカは静かに言葉を紡ぐと、おもむろに顔を逸らす。

「……ウィルと婚約したら私の立場は王子の妃。あなたがやる気なし王子なんて陰日向で呼ばれるようなどうしようもない人だとしても、王子であることには変わらない」

「リリーシュカは自分が王子と婚約することに自信がないのか」

「今のままの私では恩を仇でしか返せない。誰かの重荷になんてなりたくないのに……どうしていいのかわからないのよ」

リリーシュカは心底悔しそうに呟いて、膝の上で拳を握った。

俺も自分が悪く言われることに文句はない。そう評価されるだけのことをしている自覚があるからだ。だからといって関わりのある人にまで被害が及ぶのは別の話――リリーシュカの言葉を纏めるとこんなところか？

奇しくもそれは俺の思考とほぼ同じものだった。

「それに、ティアにウィルのことを頼まれたから。愛のない政略結婚でも周りからとやかく言われるのは外聞が悪いでしょう？　私のせいであなたやティアに迷惑をかけるのは嫌……そう思ってしまったのよ」

「面倒な性格してるな」

「……あなたにだけは言われたくないわね」

僅かに顔を上げたリリーシュカにジト目で睨まれる。

反論する気すら湧かないな。

「何事もなければ一生涯、死ぬまで俺たちが別れることはないだろう。そのたびにリリーシュカを理由として迷惑をかけられるのは面倒ではある」

「……その逆もあり得ると思うけれどね。私たち、似た者同士らしいから」

「あいつらも上手い皮肉を言ったものだ」

学園で俺たちを『似た者同士』と陰口で言っていた奴らに今度会ったら誉めてやろうかと思ったが、興味がなさ過ぎて顔も名前も覚えていなかった。

「そういうわけだが、無益な支え合いなんて期待しちゃいないだろう？　今の面倒と将来の面倒を秤にかけるなら……辛うじて前者の方がマシか」

「……つまり？」

「俺が王子の婚約者……ひいては未来の妃にとって必要なことを教える。手始めに一般常識からだな。ヌシに真っ向勝負を挑むよりは簡単で度胸も要らないと思うぞ？」

俺がそう言ってやると、リリーシュカの視線が一瞬だけ泳ぎ、

「…………一体なんのことかしら。ああするのが最善と思っての行動よ。でないと今頃ヌシの腹の中かもしれないでしょう？」

「それで怒ったヌシから時間稼ぎをしたのを誰だと思ってるんだ……？」

あれが無かったらリリーシュカが上級魔術を行使する余裕はなかったかもしれない。

「……まあ、リリーシュカの魔術の腕前は俺もよく知っている。入学試験で俺をボコボコにした張本人だからな」

「ボコボコにはしていないでしょう？　記憶が確かなら全部躱していたから一度もまともに当

たっていなかったじゃない」

「反撃する隙がなかったものでな。それはともかく――知りたいことがあれば教えるし、政略結婚に必要なら協力も惜しまない」

政略結婚が破綻して困るのは俺も同じ。王子の地位を維持したまま悠々自適な生活を続けるためだ。そういう建前で割り切れば納得できる。

「一緒に暮らし始めるときに決めごとをしたよな。『お互いに迷惑を掛けず、婚約を目指して同居生活をする』って。リリーシュカがこんな弱気だと部屋での気分が落ちて迷惑なんだが？」

ダメ押しとして決めごとのことを持ち出すと、リリーシュカは長い沈黙の後に顔を上げる。

「――そうね」

真摯さを湛えた青い瞳にくっきりとやる気なさげな俺の顔を映し、

「ウィル、私に教えて。あなたの婚約者として必要なことを全部」

「任せろ」

決意の籠った言葉を受け入れる。

俺が政略結婚を引き受けたのは王になりたくないから。そのためなら多少の面倒は引き受けよう。どうせ人と関われば大なり小なり面倒を被ることになる。政略結婚をした段階でそれは覚悟しなければならない。

だったら面倒がより少ない方へ舵を切るのが先決――そう、これはリリーシュカを想ってのことではなく、徹頭徹尾自分のための決断に巻き込んだだけ。

とはいえ一度引き受けたのなら最後まで貫き通すつもりだ。面倒事は嫌いだし、なるべく自堕落に過ごしたいのは変わらないが、約束を破るのは信条に反する。話をひっくり返した時にどんな面倒が待っているかわからないからな。

「他人は基本的に変えられない。独りが嫌なら自分を変えろ。本当に現状を変えたいのなら、俺から言えることはそれくらいだな」

「含蓄の籠った言葉ね。肝に命じておくわ」

「そうしてくれ。ところで、もしかすると俺はリリーシュカに花嫁修業のようなことをさせなければならないのか？」

「将来のことを考えるとそうなるわね。学園生徒、というところを加味すれば、花、嫁、授、業の方が適切かもしれないけれど」

「教師になったつもりはないんだがな」

「婚約してるんだから二人で学び合うってことでいいじゃない。今はウィルから学ぶことの方が多そうだけれど」

それはどうだろうか。

蓋を開けたら俺の方がダメダメだった、みたいなことにならなければいいが。

「早速で悪いんだけれど……学園長が今度、私たちの婚約を祝うダンスパーティーがあるって言っていたわよね」

「それがなにか?」

「実は私、ダンスが踊れないの」

……はい?

「なんで今まで黙ってたんだ」

「言えるはずがないじゃないっ!」

逆にキレられても困るが、リリーシュカの気持ちもわからなくもない。

望まぬ政略結婚で険悪な雰囲気なのにそんなことを言い出せば余計に話が拗れるし、更なる不和に発展していてもおかしくなかった。救いがあるとすればダンスパーティーはもうしばらく先ってことか。

まずはリリーシュカにダンスを教えるところから始めなければならないらしい。

「ともかく……これからよろしくね、ウィル先生?」

「先生はやめてくれ。まだそんな歳じゃない」

そう真顔で返しながらも、俺たちの婚約生活がやっと前進した気がした。

第三章　◇　婚約者に必要なこと

「1、2、3……1、2、3………っ」

リリーシュカが小さく紡ぐカウントと、僅かに遅れて続くヒールの音が学園の訓練場に響く。動きやすいよう一つ結びにした銀髪を靡かせながら、真剣な表情で覚えたてのステップをたどたどしく踏む。

『花嫁授業』——そう名付けた協力関係を結んだ俺たちがまず始めたのは、リリーシュカのダンスレッスンだった。俺たちの婚約を告知するためのダンスパーティーが企画されているとノイから事前に知らされていた。それに向けて、土壇場でダンスが踊れないと明かしたリリーシュカの対策を早急にする必要がある。

しかし、数日前に初めて目にしたリリーシュカのダンスは目を覆いたくなるほど酷いものだった。そもそもステップとは何かから話が始まり、教えてすぐに出来るほど器用でもない上に身体能力が追い付いていなかった。

——九日。

リリーシュカのステップが一応の形になるまでにかかった時間だ。毎日のように俺がつきっ

きりで頭を抱えながらも教えた甲斐(かい)があった……というか、正直なところ安堵(あんど)している。

ぴたり、とカウントの声とステップの音が止まって。

「ちゃんとできていた、かしら」

「ギリギリ及第点をやれる程度だな」

恐る恐る尋ねる声に肩を竦(すく)めて答える。

「……長かったわね、ここまで」

「大抵は二、三日くらいで出来るようになると聞くが」

「一言多いわね。リズムに合わせるのが苦手なのよ」

火照(ほて)った身体でゆっくりと息をするリリーシュカにタオルとドリンクを差し出す。

「……ありがとう」

それを躊躇(ためら)いがちに受け取り、汗を拭(ぬぐ)う。

このダンスレッスンが始まってからというもの、リリーシュカの態度は若干……本当に若干だが軟化した。礼を言われる程度の信頼はされているらしい。

「ステップは基礎の基礎。本番はこれからだぞ」

「苦手なことに取り組むのは気が滅入(めい)るわね」

「出来ることが増える気分は悪くないだろう?」

「……そうかもね」

リリーシュカがタオルとドリンクを置き、背を向けて身体を伸ばす。

「毎日、生きているって実感があるの。今までの私は学園だけでなく、生きることに意味を見出していなかった。けれど——ええ、成長を実感できるのは楽しいわ」

「それはなにより」

「他人事みたいに言うのね」

「事実そうだし、俺は成長を望んでいない。遠慮なく追い越していってくれ」

形式上リリーシュカにダンスを教える側ではあるが、いつ逆転するともわからない。ある日突然リリーシュカの内に眠っていた才能が開花する可能性だってある。

「ウィルを追い越したら私が先生になるのかしら」

「是非ともそのくらい上達して欲しいな」

「……練習、再開するわよ」

「それなんだが、ステップはとりあえずいい。次は実際に踊る感覚を摑んでもらう」

よっこらせ、と立ち上がれば「え?」と困惑気味な青い瞳が俺を映し、

「まさかあなたが相手役をするの?」

「それ以外ないだろ」

他人をこんな面倒極まる事情には巻き込めない。ダンスを踊れるレベルまで教えるなら俺でもじゅうぶん。昔の教えは身体に染みついている。

「わかったわ。確かに、あなた以外に頼れる人はいないわね」

「レーティアに頼むのも気が引けるしな」

「そうね。これは私の問題――」

「俺たちの問題、だな。元を辿(たど)れば政略結婚が原因だ。いつか降りかかる面倒事は少しでも減らしておきたい」

腕を伸ばし、リリーシュカの手に触れる。リリーシュカは手を引っ込めようとしたが、思い直したのかそっと細い指が手のひらを這(は)う。

「淑女の手を軽々しく取るなんて、氷漬けにされても文句は言えないわよ」

「流石(さすが)に言うぞそれは」

「……まあいいわ。けれど、初めてのダンスなのよ？　お誘いの文句くらいないのかしら」

「踊って(シャルウィダンス)くれないか……とでも言えと？」

「似合わないわね、そういうセリフ」

笑みと共に手を握り返される。その手は冬を告げる空気を思い出す冷たさだった。

「さて、リリーシュカ。ダンスは二人一組で呼吸を合わせて踊るのはご存じか？」

「私に出来るとは到底思えないわね」

「俺もそれは同意見――おい待て魔力を熾(おこ)すな、話はまだある」

魔術の気配を感じ取った俺が半眼で釘(くぎ)を刺すと、気配は次第に収まっていく。いくらなんでも気が早すぎる。

「リリーシュカは素人だろう？ だから俺が先導する。失敗は気にするな。足を踏んでも文句は言わん」

「……まるで私があなたの足を踏む未来が確定してるような言い方ね」

「ダンス中は自然と距離が近くなるからな。足元に注意を払えなくても仕方ない」

気は向かないがダンスだからな、と自分に言い訳をして距離を縮め――左手をリリーシュカの細い腰に回す。リリーシュカの目が驚きで見開かれ、思いのほか華奢(きゃしゃ)な身体へ一歩迫った。

息もかかるほどの距離で、目が合う。

制服越しに軽く触れ合う腰や腕。こんなにリリーシュカと密着したのは初めてだったなと無駄に冷静な頭で考える。

そんな俺をきつくまなじりを上げて睨(にら)んでいた。

「ダンスの練習と称して私の身体をまさぐるつもり？」

「失敬な。断じてそんな意図はない。ダンスを踊るうえで必要不可欠の行動だ」

「……なら、せめて事前に言って。あなたの中では当たり前でも私は知らないのよ」

「次からは一声かけよう」

「そうして。……変なところ触ったら許さないから」

「はいはい」

ぞんざいな返事をしつつ、事前に言うべきではあったなと反省する。やすやすと身体に触れていいような関係性ではなかった。リリーシュカの様子を窺うと顔を逸らしていたが、頬が仄かに赤いことだけはわかった。

「こんなことで照れる必要もないだろう？　誰でも通る道だ」

「……うるさいわね」

毒づくも勢いはない。形はどうあれ大人しくしてもらった方がやりやすいな。

「極論だが、ダンスは曲に乗ってペアが身体を動かすだけだ」

「随分簡単に言うのね」

「必要以上に難しく考える必要はない。なるべく単純にした方が身につけやすいだろう？」

複数のことを一気にやるよりは一つ一つを着実にこなす方が上達は早いと俺は思う。

「ひとまずは俺のリードに続け。本来よりもペースは遅くするが、もしついてこられなさそうなら教えてくれ」

「……わかったわ。下手でも笑わないでよ」

「真面目に努力してるやつは誰であろうと笑う気はないぞ？　意味もなければ益もない」

そうでなければリリーシュカの特訓に付き合ったりはしていない。

「始めるぞ」

呼吸を整え、ゆっくりとステップを踏み始めた。

続いてリリーシュカも覚えたてのステップをなぞる。初めて二人で踊るからなのか緊張が顔に出ているし、脚の動きも硬い。されど青い瞳に宿る思いは真剣そのもの。

「指先までしなやかに腕を伸ばす。背筋もだ。姿勢が乱れれば全(すべ)てが乱れる」

「難しい、わね……っ」

「それから視線は真っすぐ、アイコンタクトで呼吸を合わせろ。今は難しいだろうから視線だけ合わせていればいい。俯(うつむ)いていては視界が狭くなるし見栄えも悪い」

練習よりも遅いペースのステップを二人で踏みながら、ダンスに必要なあれこれを口頭で伝える。俺の動きについていこうと真面目な顔をしたリリーシュカと視線が交わった。

白い肌は熱に火照り、額に浮かぶ汗が煌(きら)めく。薄く開かれた口元は小さくカウントを続けていた。ずれのないタイミングでいつもより赤みを帯びた唇が震えている。

一拍遅れで背に流した一房の銀髪が揺れる。至近距離で向き合っているからか、普段は見えないうなじの滑らかなラインがたびたび映り込む。

それにしたって、こんな風に踊るのはいつぶりだろうか。

最後に踊ったのは確か――

「……あなた、本当に踊れたのね」

余裕が出て来たのか、リリーシュカの声が聞こえた。

「嘘(うそ)だと思われてたのか？」

「疑ってはいたわ」

「これでもまともに王子様をやっていた時期もある。記憶力も存外によかったのか、習得したことは忘れていない」

幼少期の頃は本当に大変だった。自分でもよくあんな生活を続けられていたと本気で思う。

「でも……そんなにジロジロ見ることまで許可した覚えはないわ」

「そんなに見ていたつもりはなかったんだが」

「意図せず見蕩れていたってことでいいの？」

ふふ、と試すような笑み。どうやら調子づいてきたらしい。

「見目麗しい異性が間近にいれば多少は視線も移る。俺の意思ではどうしようもない」

「な………っ」

これは生物として仕方のないことだと説明すると、どういうわけか一気にリリーシュカの白い肌が真っ赤に染まり、一瞬ステップが止まった。

しかしそれをリリーシュカも自覚したのだろう。遅れを取り戻そうと動いた足はしかし、ズレを修正できず俺の足と絡まってしまい、

「ひゃっ」

浅い悲鳴を洩らしながら倒れかけたリリーシュカに何とか反応。俺がもう一方の足で重心を取ろうと細い腰を抱き寄せた。しかし俺の方も無理をしたためか、二人分の体重がかかって姿

勢の維持が困難になる。倒れることを予感した。

咄嗟の判断で俺が下敷きになるようにしつつ、すんでのところで『障壁』を使った。

「――っ、なんとか間に合ったか。衝撃は殺したが……」

目と鼻の先に広がっている銀色。当然、俺はリリーシュカを抱き寄せて倒れた。見た目通りに軽い体重がのしかかる。華奢ながら女性らしい肢体が容赦なく押し付けられていた。

「怪我はないか」

「ん、っ……」

俺の呼びかけに応えてか、もぞりと銀色の頭が胸に押し当てられた。かと思えばゆっくりと離れていき――

「………腰の手、早く退けて」

顔を赤く染めて恨めしそうな目で俺を見ていた。もっと先に言うべきことがあるんじゃないか？　とは思ったが、口にせず速やかに要求に従うことにする。

支えていた腰から手を離すとリリーシュカは可能な限り俺に体重をかけることなく……どちらかといえば俺との身体的接触を最小限に抑えながら体を起こす。

そして無言のまま俺を数秒ほど見下ろし、

「……ありがとう。助けて、くれたのよね？」

念のための確認、といった様子で訊きながら、こちらに手を伸ばしてくる。

「まあ、な。まさか初回からこんなことになるとは思わなかったが」

「あなたが変なことを言うからよ」

機嫌は悪そうに見えるが口調にも棘がない。手も差し出してくれるあたり怒っているわけではなさそうだ。リリーシュカの手を借りて起き上がり、怪我がないか確認する。

痛みも違和感もないので大丈夫だろう。

「ともかく、ダンスの流れはあんな感じだ。出来そうか？　いや、出来るようになってもらわないと困るんだが」

「……やるわよ。迷惑をかけっぱなしなんて嫌だもの」

「負けず嫌いで助かった。俺みたいにすぐ諦めるようならどうしようかと思っていた」

「申し訳ないけれど、あなたが嫌になるくらい私は失敗すると思うわ」

「誠心誠意取り組んだ結果がそれなら文句は言わん。早く上達してもらうに越したことはないけどな。なんたって他にもやることが山積みだ」

『花嫁授業』で取り扱う内容はダンスだけではない。全部リリーシュカに教え込むのにどれだけ時間がかかるやら。

「今日はこの辺りで終わりにしよう。なにより俺が疲れた」

「たった一度踊っただけじゃない」

「精神的に、だ」

「私と踊るのがそんなに苦痛？」

「違う。自分らしくないことをしている負荷に耐えられないだけだ」

リリーシュカに教えるのも助けたのも、『花嫁授業』がなければ自分から進んでやることはなかった。だからこその疲労だと説明する。

「……あなたらしいわね」

すると呆れたようにため息を零すのだった。

◇

「――マナーは貴族社会のみならず、広く日常生活に浸透しています。諸君らも学園で日々目にしているはずです。とりわけこの講義を受ける者には平民も多いでしょう」

ホールに響く声は定期開催されている礼儀作法の授業を取り持つ教師のもの。集まった生徒のほとんどは教師である白髪を撫でつけた老年の紳士へ視線を注いでいる。

隣に立つリリーシュカも例外ではない。

今すぐ退出したいほどの憂鬱に駆られているのは俺だけだろう。

俺まで必要ない礼儀作法の授業を受けているのは『花嫁授業』の一環だ。

大魔女の直系なら身につけていそうだが、その手の教育をされたことはないらしい。とはいえノイに対する受け答えはちゃんとしていた気がするから、ここでは主に礼などの動きを学ぶことにしている。

しかし、礼儀作法の授業は俺が申し込んだ頃にはもう満員だった。そこで俺はノイと一つ取引をして、二人分の枠を授業にねじ込んでもらった。

「学園の卒業生が選べる進路は様々です。なかでも貴族階級と関わる進路を選ぶ場合、礼儀作法の習得は必須と言えます」

ゆっくりと教師が歩き、こつ、こつと杖を突く音が響く。

「今はマナーを知らずとも悲観することはありません。諸君らは私の授業を訪れた。その志があればこそ、より素晴らしい紳士淑女へ成長できるでしょう」

恭しく一礼を披露し、すっと教師の視線が俺たちへ向いた。

「そして今回の授業には、なんと第七王子様とその婚約者も参加しておられます。人の上に立つ者としての向上心たるや、大変素晴らしい」

教師の口元に笑みが浮かぶ。嘲笑ではなく、本当に賛辞するような笑みだ。

その言葉で受講する生徒もこちらを見てくる。大半は「なんでいるんだ……?」とでも言いたげな困惑を滲ませた目をしていた。

「さらに今回、第七王子様には特別講師を担当していただくこととなっています。相手役はもちろんその婚約者、リリーシュカ嬢です。お二方、前でご挨拶をお願いしてもよろしいでしょうか？」

　柔和な笑みを浮かべる教師とは対照的に「本気か？」と頬を引きつらせている生徒も多い。気持ちはわかる。

　俺もそっち側なら同じ思いを抱いていたはずだ。

「……はあ」

「諦めなさい」

「わかってる。手を借りるぞ」

　リリーシュカの手をそっと取る。歩幅の差に気を付けながら教師の方へと歩いていく。

「──紹介に与った二回生の第七王子ことウィルだ。僭越ながら今回は特別講師を務めさせてもらう。皆の不信も理解できるが、手を抜くことはないと約束しよう」

　淡々と告げると生徒たちがざわめきだす。どこまでが本気かと疑っているのだろう。

　予測の範囲内だから驚くようなことでもない。この程度の疑念は浴びるほど経験している。

　問題があるとすればリリーシュカだ。

　人前で話すのに慣れておらず、緊張しているのか視線が泳いでいる。動きもだいぶ硬い。

「……二回生、リリーシュカ。ウィルの婚約者よ。……よろしく、おねがいします」

「本日はお二方にもお手本となっていただきます。皆さんも心して受講するように。早速本題に入るとしましょう。──そもそも礼儀作法がなぜ必要かわかりますか？」

教師に話を振られた俺は事前に考えていた文面を思い浮かべる。

「礼儀作法は自分と関わる誰かのためにあるものだ。社会に溶け込むために必要な常識とも言い変えられる。互いが互いを尊重することで生まれる秩序こそが礼儀作法の本質だろう」

要は人と人との間にある共通認識だ。これが欠けていれば異物として扱われ、馴染むことはできない。

それこそ普段の俺やリリーシュカのように。

「我々は礼儀作法によって無意識的に味方と敵を区別しています。身分は関係ありません。礼儀作法のなっていない貴族は爪弾きにされ、逆に優れていれば平民であろうとも邪険に扱われることはないでしょう。プライドを遵守する貴族こそ、自らを敬う者を庇護下に置きます」

もちろん、立場に甘えて尊大な態度を取り続ける愚か者もいますが……と教師は悲しそうな声色で口にする。

俺のことか？　微妙に違うな。単にやる気がないだけだ。

「特にこの授業を受講している皆さんは平民の方が多いでしょう。学園では身分の差は存在しないとされていますが、完全ではありません。卒業後はクリステラのみならず、国も種族も違う誰かと関わるでしょう。そのとき、礼儀作法は身を守るための手段にもなるのです」

「今日取り扱うのはクリステラの貴族社会における挨拶、仕草、言葉遣いなどだ。俺とリリーシュカが実演をして、その後に続いてもらう形となる。肩肘張るほど難しくはない。気を楽にして取り組むことを勧める」

「チェックの方は私がいたしましょう。王族の方に見本になっていただく機会なんて、そうありません。この幸運に感謝し、真剣に取り組んでください」

教師の言葉の後に生徒の「……はい！」とやる気に満ちた返事が響く。やっぱり来る場所を間違えたという後悔が押し寄せてくる。

とはいえ、この授業はやり遂げなければならない。

一人の魔術師としても、王族の端くれとしても、俺個人の感情としても約束事は破れない。

気持ちを切り替えるために深呼吸を挟む。

リリーシュカも胸に手を当てながら同じように深呼吸をしていた。

タイミングが被ったのがわざとだと思われたのか、咎めるような視線が返ってくるも今は取り合わない。

「……さて、まずは挨拶だ。最も広い状況で使えるものを教えよう。男女でも差異があるため俺が男性用を、リリーシュカが女性用を実演する」

打ち合わせ通りリリーシュカと向かい合い、埃をかぶっていた古い記憶を思い起こしながら行動に移していく。

「まず左手を胸より下で軽く握る。それを水平に構え、右腕を外側へ。このときに手は開いておく。最後に右足を後ろへ引き、首を傾ける。格上の貴族と挨拶をする際は相手よりも深く頭を下げるなど注意点はあるが、ひとまずこれが出来ていれば問題ない。手を開くのは敵意のなさを示すためだ。こうしていれば武器も暗器も握れないだろう？」

顔を上げて今度はリリーシュカに手番を告げて解説に回る。

「続いて女性用だ。男性用と手足が逆になり、膝を軽く曲げる動作が加わる。どちらにしても言えることだが、動きに意識を取られて背筋を曲げないように気を付けるといい」

何度か部屋で練習した姿勢でリリーシュカもお辞儀を一つ。少々ぎこちなさは残るが、思いのほか形になっていた。

学園で目にする機会があるからだろう。

「お二方とも、素晴らしい見本をありがとうございます。やはりクリステラの行く末を担う第七王子様ともなれば、礼一つ取っても見事でした。さて、お次は皆さんの番です。ペアで向かい合って練習してみましょう。もしわからないことがあれば私か」

「俺に聞いてくれ。リリーシュカは見ての通り、人前に立つので精一杯みたいだからな。あんまり負担をかけないでやってくれると助かる」

「ちょっと……っ⁉」

受講者の緊張を和らげるためにも肩を竦ませて冗句を挟む。

顔を赤くしたリリーシュカに突っ込まれたが、くすりと笑い声が上がり、俺たちへの意識も当初よりは和らいだ。

生徒が俺たちに対して抱いているイメージを少しでも良い方向に誘導できれば、講義が進めやすいと思ったからだ。反応からして狙い通りになったらしい。

そんなこんなで他の礼儀作法についても取り扱い、無事に講義を終えることとなった。

「――本日はお二方とも、私の講義へのお力添えを頂きありがとうございました」

「無理な頼みを通してもらったのはこちら側だ。定員に達していたところを特別講師という形で受講させてもらえるとは思ってもいなかった。その厚意に感謝を」

「礼には及びません。正直なところを申し上げますと、第七王子様が特別講師を務めることが少々不安ではありました」

「俺の評判を知っていたら当然だろう。だが、学園長の頼みでは断れない。渋々許可をして、蓋を開けたら思いのほかまともで驚いた……そんなところか？」

「……申し訳ございませんが、その通りです。あの礼を見た瞬間、第七王子様が評判通りのお方ではないことは理解しました。……それだけに、理解できません。あれほど洗練された佇まいをされる第七王子様が、どうして――」

教師はそこで言葉を詰まらせる。

礼儀作法を教える身として『やる気なし王子』なんて明らかな蔑称を口にするのは良心が咎めたのだろう。

「普段はやる気がないことも、特別講師なんて面倒な役目を引き受けてまで今回の授業を受けたことも、そうせざるを得ない事情があるだけだ。俺一人ならこんなことはしなかった」

「婚約者が出来たから、というわけですか」

肯定も否定もせずに視線を逸らす。

教師は納得したかのように頷いてリリーシュカへ興味を移した。それを察知したリリーシュカは講義を経て練習したお辞儀を披露する。

「本当にありがとうございました。私も講義を通して様々なことを学びました。……これまでは礼節を気にせずとも私だけの問題で済みましたが……今はウィルの婚約者ですから」

その言葉にどれだけの想いが詰め込まれているかなんて俺にはわからない。だが、青い目に宿した覚悟を見るに、嘘や冗談ではないことだけは確かだった。

「……そうですか。あなたのことも存じていましたよ。それだけに第七王子様の婚約者として発表されたときは驚きましたとも。同時に心配にもなりましたが……今のあなたを見ていると杞憂に思えて仕方ありませんね」

「そんなことは――」

「歩みを止めぬ者にだけ天は微笑みます。お二方にはこの先、喜楽だけでなく苦難も待ち受けていることでしょう。ですが、きっと乗り越えられるはずです」

俺とリリーシュカを交互に見やり、自分は味方だと示すように薄く笑む。ここまでの好意を人に向けられたのはレーティアやクソ親父、ノイを除外すると久々かもしれない。

「たった一度の気まぐれで信用されても困るんだがな」

「気まぐれであれほど洗練された礼を見せられては堪りませんし、これでも見る目はある方だと自負しておりますので」

「にしても、俺が思っていたよりは順調に事が進んでいるな」

「ダンスも何とか形にはなりそうだし、礼儀作法も授業で披露できるくらいには身についた気がするわ」

「期間を考えればまだ付け焼刃だ。無意識で出来るようになって初めて身についたと言える」

「わかっているわ」

ダンスレッスンを終えて訓練場から寮に帰る途中も雑談は続く。

こんなこと一緒に暮らすようになった当初は考えられなかった。自然な流れで出来ているのは互いに歩み寄ろうとした結果なのだろう。

「安心するにはまだ早いが……よくやっているとは俺も思っている。余裕がないだけに投げ出さないか心配だった」

「楽しくやっているつもりよ？　出来ないことが出来るようになるのは嬉しいもの。大変なのはその通りだけれど……立ち止まってはいられないから」

「だな。直近のダンスパーティーは乗り切ってもらわないとお互い困る。気負う必要はないがな。一朝一夕で身につけるのは難しいとわかっているからフォローはする」

　万事に対して絶対なんて存在しない。どれだけ努力しても失敗する可能性は大いにある。

「頼りにしているわ。まだ、寄りかかることしか出来ないから」

「そうしてくれ」

　リリーシュカにしては弱気な言葉を受け止める。

「……ティアもそうだけれど、あなたも相当なお人好しね」

「そう見えるなら訂正しておく。俺が手を貸すのは、巡り巡って俺の面倒を減らすだろうと目論んでのことだ。断じて慈善活動ではない」

「私の髪留めのことも？」

「あれは偶然拾っただけだ」

「強情ね。探してくれたのなら認めればいいのに」

「恩を感じるのは勝手だが、恩を着せるつもりはなかった」

　あれは己の興味を満たすための材料にしただけだ。自己満足に礼を望むのは違う。

　そんなことを考えていると、見覚えのある姿の女子生徒が少し前を歩いていた。

肩口でさらりと揺れる赤い後ろ髪。前が見えないほど高く積まれた本の山を抱えているためか歩みは遅い。

「レーティア？」

「わっ⁉」

なるべく驚かせないように声量を抑えて声をかける。するとレーティアは肩を跳ねさせながら声を洩らし、本の山を崩さずに持ちこたえたところでゆっくりと振り向いた。

「ウィルくん、びっくりしたんだからね？　……リーシュと一緒にお散歩？」

「まあ、そんなところだ。その大量の本は？」

「図書館で借りた本を部屋に運んでいたの」

「……ティアはその量を一気に読むの？」

「そうだけど？」

きょとんと答えるレーティアに、リリーシュカも頰を引きつらせる。これは平常運転で一日中本を読み漁(あさ)っていることも珍しくないと知っている。

「半分持とう。寮まででいいのか？」

「そういうことなら遠慮なくお願いしようかな」

「私も持つわ」

「なんか持たせたみたいになってごめんね？」

「いいの。……お友達、でしょう？」

照れるリリーシュカに対してレーティアも嬉しそうに「ありがとね」と微笑む。俺が全体の半分、二人が残りの半分をそれぞれ持ち、進路をレーティアの寮へ変更する。

「そういえばウィルくん、この間の礼儀作法の授業でリーシュと一緒に特別講師をしたって聞いたけど」

「あー、アレか。色々あったんだよ」

「ウィルくんがそんな面白いことをするならわたしも参加したのに」

「社交界が主戦場の公爵令嬢様には必要ないだろ」

レーティアは社交界において有名な令嬢だ。

三大公爵家の娘で優れた容姿と知性を備える彼女は、魔晶症という瑕疵すら掻き消してしまうほどの魅力を有している。裏で持ち込まれる婚約の話は全て断っているらしいが、それでも恨みを買わないのはひとえにレーティアの人徳によるものだろう。

そんなレーティアがむうと不満げに口先を尖らせ、

「わたしだけ除け者みたいで面白くないし、なんか楽しそうで羨ましい」

「あのなあ……」

「礼儀作法の授業を受けたってことは困っていたんでしょ？　ウィルくんは昔からの付き合いだし、リーシュは大切な友達。なのにわたしを真っ先に頼ってくれなかったことはちょっと……本当にちょっとだけ不満に思ってるからね？」

　レーティアのジト目が刺さる。

「……ティアに頼っても返せるものがないわ」

「わたしが二人の力になりたいだけなの。ダメ？」

「ダメじゃないけれど……」

　困ったリリーシュカが俺に判断を仰(あお)いでくる。

　実際、協力を得られるのは非常に大きい。

　俺の元婚約者だったレーティアは『花嫁授業』に必要な内容を高水準で修めている。頼めば快く教えてくれるだろう。

　だが、元婚約者に現婚約者の成長を助けてもらうのはどうなのだろうかと思って遠ざけていたのだ。本人に詰め寄られている時点で俺の目論見は破綻(はたん)したのだが。

「……そこまで言うならレーティアにも協力してもらおう。というか認めないことにはしつこく言われ続けそうだ」

「しつこいっ⁉」

「一度決めると梃子(てこ)でも動かないからな。労力を考えるとここで認めておいた方が楽だ。リリーシュカもそれでいいか？」

「私はいいけれど……未熟なところを見せるのは恥ずかしいわね」

「頑張ってる人を笑ったりしないよ。でも、よくよく考えたらわたしは二人の時間にお邪魔してることになるの？」

「頼んだ手前、追い出したりしないから安心しろ。拗ねるのが目に見えてる」

「拗ねないもん……っ！」

心外だ、と抗議するかのように肘で脇腹を押してくる。あまり力が入っていないため大したことはない。逆にレーティアは持っていた本を落としそうになり焦る始末。

そそっかしいけどやる時はちゃんとやる……はずだ。

「それでわたしは何をしたらいいのっ？」

「そうだな……折角の機会だからテーブルマナーでも見てもらおう。こっちの寮で夕食でも一緒にどうだ？」

「もちろん！」

レーティアが快諾したところで話題はダンスレッスンや礼儀作法のことに移っていく。そっちでも協力することを半ば強引に約束させられ、本を運び終えてから寮へ向かうと、

「ウィル、やっと来たか！　リリーシュカ嬢も元気そうでなにより。そして……おや、レーティア嬢もいるとは珍しい。久しぶりじゃの」

ロビーでノイが待ち構えていた。

「なんでノイがまたいるんだ」

「ダンスパーティーの準備は順調かと様子を見るついでに夕食でもと待っていたのじゃ。おぬしとリリーシュカ嬢がいるのはわかるが、レーティア嬢はどうしたのじゃ？」

「実はわたしもウィルくんに夕食を誘われていて」

「リリーシュカのテーブルマナーを見てもらおうと思ってな。レーティア相手なら申し分ないだろう？」

「そういうことならわららも手を貸そう。バカ弟子が世話になっておる礼じゃ。目的も同じなら遠慮することもない」

口を挟むまでもなくノイは四人で夕食を取ると決めたのだろう。我が物顔でラウンジへ向かうノイの後に続く。

ラウンジは相変わらずひとけがない。もし他の入寮者が来てもいいように端の方の席に陣取り、料理が運ばれてくるのを雑談しつつ待つことに。ノイがいるからちょっかいを出されることはないだろうが念のためだ。

「リリーシュカ嬢のテーブルマナーを見ると言っておったが、そんなに自信がないのか？」

「……誰かと食事を取るという経験が少ないもので」

「俺も合間を見て教えてはいるが、一緒に食事をするのはこれが初めてだ」

「リーシュを昼食に誘っても断られていたのってテーブルマナーを気にしていたから？」

「………………折角誘ってくれているのに悪いとは思っていたけれど、私の教養がないせいでティアが悪く言われるかもしれないと考えたら」

リリーシュカはバツが悪そうに瞼を伏せる。しかし、レーティアは「よかった」と安堵したように呟いた。

「わたし、てっきりリーシュに嫌われているのかと思っていたんだからね？　理由を知って安心したけど、ちょっと怒ってる」

「……どうして？」

「友達ならもっと頼って。テーブルマナーに自信がないくらいで見放したりしない。人目が気になるなら個室の部屋も取れるし、マナーを気にしないで食べられるものはいくらでもある」

「レーティアの言う通りだな。まあ、研究に没頭しすぎて合間に軽食を摘まむくらいの食事しかしない公爵令嬢様もいるって噂だし」

「それは言わないで！」

顔を赤らめたレーティアが抗議してくる。そういう事実があることを否定しないのはレーティアらしい。

「マナーを気にするのも大事だが、時と場合を考えるべきって話だ」

「リーシュがどうしても気になるなら仕方ないけれど……もし一緒に食事するのが嫌じゃないのなら、少し考えてくれたら嬉しいかな」

「ここの面々に細かなマナーを指摘するような者はおらん。緊張する必要はどこにもない。気を楽にせい」

三者三様に意見を告げる。リリーシュカはそれを取り込もうとしているのだろう。難しい表情が解れたのは数秒ほど経ってからだった。

「……私が考えすぎていたのかもしれないわ。出来ないことばかりに目を向けて、他の可能性を考慮しなかった。視野が狭かったのね。こんな近くに私を気にかけてくれている……お友達が、いたのに」

「恥ずかしがるところそこかよ」

そんな雑談をしていると、ウェイターが台車に乗せて料理を運んできた。前菜は赤、緑、白と美しい色合いのテリーヌ。

「今日は王国で一般的なコース料理を用意してもらった。前菜、スープ、メイン、デザート、ティー……時と場合によって間に他の料理が挟まったりするが、おおむね順番は同じだ」

「練習はしたけれど緊張するわね」

「良いではないか。食事は楽しむに限る。じゃろう？」

「こんなに気楽な食事は久しぶりかも。貴族同士だと食事中も油断できないから」

楽しげなレーティアと待ち切れなかったノイを先鋒として始まった夕食。俺も続き、リリーシュカもたどたどしい手つきでナイフでテリーヌに切り込んだ。

「――まあ、こんなものだろう。公務で見せるにはやや足りないが、多少の交友関係のある相手との食事であれば問題ないレベルか」

「自信ないって言っていたけれど、全然いいと思うよ？」

「まだまだ未熟ではあるが、及第点はやってもよさそうじゃな」

食事を終え「どうだったかしら」とマナーの出来を確認したリリーシュカに対して、俺、レーティア、ノイの順番で評価を言い渡す。

厳しく見ても限定的な条件下での合格だろう。とはいえ食事の相手は王子と公爵令嬢、それから大魔術師であることを考えると、この短期間でじゅうぶん以上に健闘していると言える。

リリーシュカは三人からの評価を緊張した面持ちで聞いていた。総じて良い寄りの内容だったためか緊張を緩めて安堵の息をつく。

「……ひとまず喜んでもいい、のよね？」

「油断や慢心じゃなければな。初めて誰かと顔を合わせて食事をしたからだろうが、完璧じゃない部分はもちろんある。ただ、席を共にしていて不快感を覚えることはなかった……そういえば少しは自信に繋がるか？」

「こういうのは慣れだよ、慣れ。日常動作みたいに身体に馴染ませていくの」

「レーティア嬢の言う通りじゃな。わらわの話に限って言えば、マナーがどうとか考えてやっておらん。無意識じゃ」

「……まだ私には難しいわね」

自信なさげに零して、リリーシュカは食後の紅茶に手を伸ばす。

「テーブルマナーなんて意識を積み重ねていけばいつかは身につくものだ。相手役が必要なら俺もいるし、レーティアだって誘ってくれたんだろう？　一人で食事がしたいなら止めないが」

「私がぼっちだって言いたいの？　あなただって同じじゃない。ティアくらいしか親しい人はいないでしょう？」

「進んで友人を作ろうとしていないからな。誰かさんは初めての友人が出来て随分と嬉しそうだった気がするが」

軽く揶揄(からか)うと恨みがましい視線が投げられた。

「ウィルくん？　あんまりリーシュを揶揄わないの。純粋だから真に受けちゃうでしょ？」

「……純粋か？」

レーティアの評価は疑問だが、混じりけがないという意味では正しそうだ。

「リーシュも今度、ウィルくんの話を聞かせてよ。ゆっくり食事をしながらさ」

「……わかったわ」

食事を断る理由がないとリリーシュカが悟ると、レーティアが嬉しそうに微笑んだ。俺の話を聞かせてと言っていたが、話題の種になるような出来事があっただろうか。

……まあいいか、俺が口を挟むようなことでもない。

「わらわを呼んでくれてもよいのじゃぞ？　誰かと食事をする方が楽しいのでな。相手としては不足あるまい」

「ノイは呼ばなくても勝手に来るだろ」

「バカ弟子とその婚約者の様子を眺めに来て何が悪い？」

「余計なお節介だ」

ノイがいい練習相手になるのはその通りだ。長寿種族のハイエルフかつ超級魔術師（スペリオル）でもあるノイは色んな国で上流階級と関わる経験があり、様々な国の様式を身につけている。

俺が身につけているのは王国流だけで他は多少齧（かじ）っている程度に過ぎない。そういう意味でも勉強になる。

「勝手についてきたノイはともかく、レーティアも付き合ってくれてありがとう」

「お礼なんていいよ。わたしも楽しかったから」

世辞ではないとわかる雰囲気で口にすると、レーティアは僅かに目を細める。

「……ウィルくんがリーシュと婚約するって聞いて、勝手に疎外感を覚えていたから。立場を考えるとこれでいいんだって思ってた。けれど、距離が離れちゃった気がして」

レーティアの言葉が罪悪感と共に染みていく。

この状況はレーティアからすると複雑なのではないだろうか。

俺は現婚約者のリリーシュカとの花嫁授業に、元婚約者のレーティアの力を借りようとしている。レーティアとの婚約も政略的なものだったが、多少なりとも好意を持っていない相手とこんな歳になるまで良好な関係を続けるとは思えない。

俺は自分の目的のためにレーティアの想いを利用している。そこに負い目がないとは言わない。

「……そんなわけあるか。俺とレーティアの関係は今までと何も変わらない」

「そうだね。こうしてリーシュとも一緒の食事に誘ってもらって、よくわかった。……何よりも二人の事情に巻き込んでもいいと思ってくれたことが、わたしは嬉しい」

紛れもなく本心なのだろう。

レーティアは人の好さと視野の広さから気を使いがちだ。俺がリリーシュカと婚約したことで、どうするべきか考えていたのかもしれない。

深入りしすぎれば外野からの非難が俺たちに向く可能性もある。かといって全く関わらないのはレーティアとしても望むところではなかったのだろう。

「あっ！　誤解されないように伝えておくと、わたしはウィルくんとリーシュの婚約を心から祝福しているつもりだからね。元婚約者としては色々言いたいことがなくはないけど……折角ウィルくんが前に進もうとしているのを邪魔したくないから」

「え……？　ちょっと待って。ティアがウィルの元婚約者……？」

困惑を宿したリリーシュカの声が挟まった。

「あれ？　わたし、言ってなかった？　というかウィルくんも話してないの？」

「言われてみれば話した記憶がないかもしれない」

「……そういう大事なことは先に教えて」

「もう何年も前になくなった話だよ。もしかして嫌がるんじゃないかって思った？」

コロコロと楽しそうに笑うレーティア。リリーシュカは心底複雑そうな面持ちで頷いた。

俺たちが政略結婚だから、というのも理由としてはあるんだろう。恐らくリリーシュカもレーティアが俺に対して抱いている気持ちには気づいている。

「わたしね、小さい頃に魔晶症に罹ったの。今は症状が落ち着いているけれど、いつ再発するかはわからない。そんな令嬢を王子様に嫁がせるわけにはいかないでしょ？」

手で前髪を払い、普段は隠している左目の結晶を見せる。

不治の病の証を前にして、リリーシュカは二の句が継げずにいた。

魔晶症という治療法のない病は余命宣告に等しい。そんなものを抱えて笑顔でいられるのはレーティアの精神が尋常ではなく強い――強く在ることを余儀なくされてしまったからだ。

「だから、いいの。リーシュのおかげで久しぶりにやる気のウィルくんを見られたし、わたしの経験がリーシュの役に立つなら喜んで力になるよ」

レーティアの言葉に嘘はない。けれど、それだけが真実とも限らない。それを知っていようとも俺の口から語ることは憚られた。

「……なんか変な雰囲気になっちゃった？　もしかしてわたしのせい、だったり？」

「そう思うなら反省してくれ」

「うぅ……ウィルくんがいつになく冷たいよぉ……」

「こんなに健気な女子を泣かせるとは、うちのバカ弟子は最低じゃな」

「俺のせいか？　リリーシュカも重く考えなくていいぞ。レーティアの魔晶症はもう長いこと再発してない」

「……なら、いいのだけど」

妙に歯切れの悪い返事をすると、再びカップを傾けようとして――中身が入っていないことに気づいたらしい。

「さて、と。もうじゅうぶん話したじゃろう。もうそれなりの時間じゃし、わらわはそろそろ戻ろうかの」

そうノイが切り出したのを機に、今日の食事会はお開きとなった。

◇

「……私、ちゃんと出来ているのかしら」

自室のベッドで横になり、頭の中で最近の日々を振り返る。

『花嫁授業』——そう称した約束をウィルと交わした私は、王子の婚約者として必要なことを学んでいる最中。

まずは直近に控えるダンスパーティーに向けてダンスを習い、礼儀作法やテーブルマナーなど、必要最低限のところから始めていた。

慣れないことばかりで、沢山失敗した。

でも、ウィルはそんな私に怒るわけでもなく、根気強く教えてくれる。

成果も出始めていて、この調子ならダンスパーティーにはなんとか間に合いそうだ。

「大丈夫よ、私。自信を持ちなさい」

この協力関係において、ウィルが手を抜く理由はない。

私との政略結婚が破談した場合、ウィルは自分が次の国王にさせられると言っていた。

そんな理由で国王が決まるのだろうかと思ってしまうけれど、あの様子だと過去にも似たような話があったのかもしれない。

「それにしても……この生活にも慣れてきたわね」

政略結婚を機に、私の生活は一変した。

ウィルの婚約者として寮で同居を始めた当初は嫌悪や拒否感が強かった。国が決めた婚約者だからって、いきなり異性と同じ部屋で過ごすなんて正気じゃない。

不慮の事故でお風呂から飛び出して、素肌を見られたときは死にたくなるほど恥ずかしかった。出来ることならウィルの記憶を消したい。アレの対処をしてもらったことに感謝はしているけど、それとこれとは話が別。

……それはともかく、私はなるべくウィルと関わらないように過ごしていた。

けれど、髪留めの一件以来、『花嫁授業』として色々なことに取り組むようになった。結果、最近は一日の大半をウィルと過ごしている。ティアや学園長とも食事をして……これが普通の学園生活なのかしら。

そのきっかけは、間違いなくウィルの行動によるものだ。

「……あなたは、不思議ね。人に興味ないみたいな顔をしておきながら、どうして私を二度も助けたのよ」

一度目は実験室での一幕。

二度目は髪留めの件。

どちらも見て見ぬふりが出来たはず。

なのに、ウィルはそうしなかった。

王にさせられないように政略結婚を円滑に進める必要があった――理由を問い詰めればこんなふうに答えるのかもしれない。

「それでも、私は――」

シーツの中で身を丸め、湧き上がった思考を鎮めていく。

それは捨てたはずでしょう?

忘れていれば、望まなければ、手を伸ばさなければ誰も傷つかない。

わかっていても着実に積み重なる日々の記憶を振り返ってしまうのは、少なからず楽しいと感じている証拠なのだろう。

「……でも、悪い気はしないわね」

これはいつか覚める夢。

私が『氷の魔女』である限り、生涯を孤独に終える道しか残っていない。

——けれど、夢が覚める瞬間までは、安らぐ日々に浸っていてもいいのかもしれない。

第四章　◇　王都の休日

「せっかくの二度寝日和に外出するハメになろうとは」

寮から出て、見上げた空は快晴。

眩さに目を細め、手で目元に影を作る。引きこもり体質の俺としては陽射しを強く感じる。

今日の目的は街の仕立て屋。ダンスパーティーに向けてリリーシュカのドレスの注文を済ませること。気になる店があれば寄ってもいいが、俺から言い出すことはないだろう。

服装は二人とも学園の制服。どこでもこれ一つで行けるのは服装にバリエーションを望まない人間としては非常に楽でいい。俺が持っているのは堅苦しい礼服か緩い部屋着か制服くらいだし、リリーシュカも似たようなものだろう。

「面倒だが、リリーシュカを一人で送り出す訳にもいかない」

「私、子どもだと思われてる？」

「王家御用達の仕立て屋なんだから、俺の顔を見せた方が話が進むだろう？　髪留めも受け取りに行かなきゃならないしな」

「そうだけれど……学園の外に出たことはほとんどないから緊張するわね」

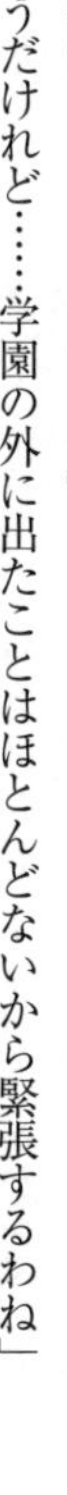

「学園生活に必要なものは購買部で一通り揃えられるからな。外で気晴らしをするのも悪くはないが、リリーシュカはそんな柄じゃないか」

どちらかと言えば自室で静かに紅茶を飲みながら穏やかに過ごす姿が似合う。実際にダンスの練習などがなければ部屋で過ごしていることが多い。

「……そうね。だから、今日はエスコートを期待してもいいかしら？」

「期待はするなよ。俺だって街を隅々まで知っている訳じゃないし、エスコートの経験も……いや、なくはない、のか？」

「………念のために聞いておくけれど、誰をしたことがあるの」

「そんな興味を持つところか？　レーティア以外ありえないだろ。色々あって城を抜け出して街を巡ったことがあってな。裏では護衛がついていたわけだが、あれをエスコートと言っていいなら二度目になる」

やっていたことは脱走からの逃避行。その理由をクソ親父やルチルローゼの当主が理解していたから、帰るまで護衛に見守られていたわけだが。あれは……まあ、楽しかったな。

感傷に浸っていると、リリーシュカがなぜか複雑そうな顔をしていた。婚約者の立場にあるリリーシュカに元婚約者の話をするべきではなかったか。

「その顔、まさか嫉妬してるのか？」

「違うわよ。ただ、そういうのを聞くと、あなたにはやっぱりティアの方がお似合いなんじゃないかと考えてしまうだけ」

「政略結婚に似合うも似合わないもない」

「……そうね、今のは忘れて。それより早く行きましょう？　悠長にしていたら日が暮れてしまうわ」

リリーシュカは普段よりもそわそわとしていて落ち着きがない。なんだかんだで外出を楽しみにしているのか？

「あ」

「なによ急に」

「外出の際に護衛はつかないはずだ。お忍びだからな。頭の片隅に入れておいてくれ」

「名前で呼ぶのも避けた方がいいかしら」

「俺の名前は珍しくないし、リリーシュカも学園生徒かパーティーに出席する貴族くらいしか知らないだろう。平然としていれば大丈夫なはずだ」

国民が知っているのは名前と噂くらいだ。公務に出たこともほとんどないから人相でバレる可能性も低い。こういうときは自分の身軽さを感じるな。

学園の受付で外出手続きを済ませる。

無事に許可が下りたところで、政略結婚の件を伝えられてから初めて学園の敷地を出た。

路面魔車に揺られること数十分ほどで首都の中央付近に建つクリステラ駅へ到着した。ロータリーは路面魔車を待つ人で溢れていて、目を離したらリリーシュカとはぐれてしまいそうだ。

「駅には来たことあるよな」

「当たり前でしょう？　どうやっても街に出ないとならないこともあるから。……本当に人が多いわね。歩くのも大変で人酔いしそう」

「慣れない間はそうなるか。はぐれたら合流するのも一苦労だから離れるなよ」

「先に合流場所だけ決めましょう」

「駅前の先王像にするか。場所がわからなければ駅員に聞けば辿りつけるはずだ。……大丈夫だよな？」

「そこまで方向音痴じゃないはずよ」

……本当か？

俺はリリーシュカの基礎能力に疑いを持ち始めている。リリーシュカはお上りさんよろしく視線を周囲へ巡らせていたため目は合わない。

それにしても……かなり人目が集まっている。原因は世間に広まった俺の悪評によるものではなく、隣のリリーシュカだろう。

優秀と名高い魔術学園の制服に加え、大人びた美人な容姿は人目を惹きつけるにはじゅうぶんすぎる。口を開かなければ刺々しい性格も露見することはない。

だが……これは少々面倒だな。変な輩が勘違いをして絡んでこないとも限らない。

あまり取りたい手段じゃないがリスクを考えるとやむを得ないか。

「リリーシュカ、手を繋いでおこう」

「……理由を聞いてもいいかしら」

「はぐれないようにするのと面倒事を避けるためだ。これで俺たちの関係性は伝わるだろ」

「理解はしたけれど、それなら嫌そうな顔はしないで。私も嫌われたら普通に傷つくし、悲しいのよ。その相手が婚約者のあなたならなおさらね」

瞼を伏せながら静かに伝えられ、俺は「悪い」と謝ることしか出来なかった。

人と関わることを避け続けてきた歪みは確実に蓄積している。こんな人間が一国の王になるべきではない。

軽く咳払いをし、思考を王子のそれへ切り替える。

俺なりの誠意を示すにはこれくらいしか思いつかなかった。真っすぐに視線を合わせ、リリーシュカの手を支える。

「――――なら、改めて婚約者としてエスコートさせてくれ」

むず痒さを感じながらも告げると、リリーシュカは驚いたのか目を丸くして見返してくる。

「…………ウィルってそんな顔も出来るのね」

「これでも王子の端くれだからな。お誘いの返答を聞かせてもらっても？」

「そんなの決まってるじゃない」

普段よりも柔らかい表情を浮かべ、リリーシュカは俺の手を握り返す。

「私の王子様としてのエスコートを期待しているわ」

「ご期待に沿えるように最善の努力はさせてもらおう」

自分には似合わない気障すぎるセリフだな。

疲れるし柄じゃないのはわかっているが——たまには悪くない。

「ねえ、ウィル。これって俗にいうデート、なのかしら？」

「状況だけ見ればそうだな。あと、顔赤いぞ」

「……うるさい。あなたも少しは緊張する素振りを見せなさいよ。私だけこんなになってバカみたいじゃない」

「照れてる顔も可愛いぞ——なんて言えば緊張が解れたりするか？」

リリーシュカは呆けたように固まってしまう。俺としては本当に緊張を解すためだったのだが。なにかまずいことを言ってしまっただろうか。

時間にして数秒ほどで復帰したリリーシュカは心底不満げに口先を尖らせる。

「…………そういうセリフも様になるの、本当にずるいわ」

大人しくなったリリーシュカの手を繋いだまま街に出る。

耳朶を打つ喧騒。向けられる多くの視線をものともせず歩く。

リリーシュカは物珍しそうに街の建造物や行き交う人へ視線を巡らせていた。

「ヘクスブルフとクリステラの街は違うか？」

「申し訳ないけれどわからないわ。ヘクスブルフでは街に出る機会が少なくて記憶が定かじゃないの。ほとんど部屋から出ずに過ごしていたから」

「悪いことを聞いたか」

「悪気があったわけじゃないでしょう？」

「それはそうだが……」

どうやら早速話題を間違えたらしい。故郷の街の話題で破綻するなんて流石に予想できなかった。……というか街の記憶が定かじゃないってどういうことだ。

普通に生活していれば街に出る機会なんていくらでもあるはず。俺も学園に通う前は、しばしば王宮を抜け出し散歩がてら街へ出ていた。

子どもの頃の記憶を失っていると言っていたが、だとしても街のことまで覚えていないなんてことがあるのか？　記憶を失った後、街にすら出られない理由があった？

「あなたが気に病むことは欠片もないわ。それに、今を楽しむ方が建設的だと思わない？」

「一理あるな」

「まずはドレスの仕立てよね」

「無事に終わったら昼食と、気になった店でも見ていくか。学園の購買部じゃ買えない物もあるからな。もちろん支払いは俺持ちだ」

「……そのお金、怪しい手段で手に入れたものじゃないわよね？」

「政略結婚での予算に組み込まれているものだから、実質俺の稼ぎと言っても差し支えない」

「自慢げに言うことじゃないと思うのだけれど……？」

困惑気味なリリーシュカだが、俺がまともに働くと思っていたのだろうか。この金は王子としての責務を全うする対価。紛うことなき正当な理由で得た金銭である。

「でも……俺は結構楽しみにしてるぞ、リリーシュカのドレス姿」

「似合う気はしないけれどね」

「そうか？　リリーシュカの体型なら似合わないなんてことは――」

そこまで言葉が出てからリリーシュカのジト目に気づき、口を閉ざす。繋いでいた手がより強く握り返され、冷たい体温をさらに感じた。

「忘れなさいよ、変態」

「誤解だ」

「……今日のところはそういうことにしておいてあげる。その代わり私のドレス姿が本当に似合っていると思ったら正直に伝えて」

「わかった。嘘(うそ)はつかないと約束する」

「ならこの話は終わり。それで肝心の仕立て屋は――」

「丁度着いたぞ」

小綺麗な店――目的の仕立て屋が目に入る。ガラス窓で遮られた向こう側で、華のようなドレスを着せたマネキンが飾られていた。最後に来たのは礼服を仕立てた時か？

王家御用達ということもあり、出入りするのは明らかに身なりのいい上流階級の人ばかりだ。

「本当にここに入るの？」

リリーシュカは困惑気味に入り口を見つめていた。

「圧倒されてないで中入るぞ」

声をかけて手を軽く引くと、おずおずと隣に引っ付いてくる。店内に入ると妙齢の女性が笑顔で歩み寄ってきた。

「これはこれは……ウィル様、ご来店誠にありがとうございます。一年ほど前に礼服をお仕立てさせていただいた以来でしょうか」

「そうだな。今日の予定は全く別だが、その様子だと話は伝わっているのか？」

「書状にてお知らせいただいております。お連れの女性がそうなのでしょう？」

店主の見定めるような目がリリーシュカへ向けられる。恐らく店側が知っているのはリリーシュカが俺の婚約者であることだけ。政略結婚云々の話は伝わっていないはずだ。

だが、国内の貴族を顧客に持つ仕立て屋にとって、リリーシュカがこの国の人間じゃないことを見抜くのは容易だ。

「……ウィルの婚約者、リリーシュカです。本日はよろしくお願いします」

リリーシュカが挨拶をすると、店主は僅かに目を見開いた。そして、微笑ましいとでも言いたげに視線を俺へ。

「随分とお熱いのですね。ウィル様がお名前だけで呼ばれているとは思いませんでした」

「婚約者にいちいち様を付けさせるとか俺は何様だよ」

「クリステラの第七王子様でありますが？」

「……本当に面倒な立場だな」

この店主とはなんだかんだで幼少期から付き合いがある。やる気なし王子と呼ばれてからも態度を全く変えないために、どうにも頭が上がらない。

「ともかく、今日はリリーシュカのドレスの仕立てを頼む」

「承りました。採寸からいたしましょう。リリーシュカ様、奥の部屋へご案内いたします。ウィル様は別室でお待ちいただければ」

リリーシュカを送り出し、俺は別室へ。

整えられた内装の部屋。ソファに腰を落ち着けて、すぐに店員の手によって紅茶と菓子がテーブルに運ばれた。紅茶は見慣れたものだが、この茶菓子は初めて見る。

「見慣れない茶菓子だな」

「こちらは最近王都にて流行しているチョコレートという菓子になります。南国原産の植物が原料で、後を引く甘さが特徴的な一品です。よろしければご賞味ください」

「こんなものが流通していたとは知らなかった。ありがたく頂こう」

茶菓子を運んできた男性店員が言うには甘い菓子のようだ。物は試しとチョコレートを摘まみ、口に運ぶと――味わったことのない濃厚な甘さが口全体へ広がった。

「いかがでしょうか？」

「美味（うま）いな。甘さが控えめの方が好みだが、これは人気になるのも頷（うなず）ける」

「お口に合ったのであれば幸いです。こちらにご用意はありませんが、大通りのお店の方では甘さ控えめのビターチョコレートが販売されていますよ。もしお買い求めのご予定がありましたらこちらからご連絡しておきましょうか？　何分人気の商品となっていますので、売り切れの可能性もありまして」

「……いや、いい。自分で行く。どうせ俺は暇を持て余しているからな」

「左様ですか」

俺への反応に困ったのか、紹介をしてくれた若い店員は苦笑していた。だが、その目を見れば俺への嫌悪を示すものではないとわかる。本当にここの店員は教育が行き届いているな。そこらの貴族よりもよっぽど人間が出来ているぞ。

ずる賢くならなければ貴族社会を生き抜けないのかもしれないが、その最たる反例はレーティアだろう。逆に言えばあそこまでの圧倒的な才覚が必要と考えると、全員に求めるのは酷かもしれない。

チョコレートの感想を聞くと、店員は一礼して部屋を去る。一人残された俺は紅茶とチョコレートを楽しみながら、新聞をぼんやりと眺めて時間をつぶす。

数十分後、部屋の扉が控えめにノックされた。返事をするとゆっくり扉が開き、何やら疲れた顔をしたリリーシュカと妙齢の店主が入ってくる。

疲労を滲ませたリリーシュカは、俺の隣に座って息をつく。対面に座った店主が一つの冊子をテーブルに置き、

「お待たせいたしました。リリーシュカ様の採寸が終わりましたので、ご一緒にドレスを選びませんか？」

「……俺はいなくてもいいと思うんだが」

「大切なパートナーのドレスですよ？　それにリリーシュカ様はこういった経験がないと聞きました。経験豊富なウィル様がリードせずしてどうするのですか」

そういうものか？　と眉間にしわを寄せていると、そっと袖が引っ張られる感覚。指先で袖を摘まんだリリーシュカの上目遣いが間近で刺さる。

「………お願い。私と一緒にドレスを選んで。あなたに恥をかかせたくないの」

縋るような口調に、庇護欲を掻き立てる眼差し。まるで純粋無垢に育てられた深窓の令嬢を

思わせる雰囲気。……こんな顔をするやつだっただろうか。

いや、違うな。

「リリーシュカになにか仕込んだか？」

「仕込んだとは人聞きが悪いですね。わたくしは大切なお客様のために有効であろうアドバイスをしただけです」

「……全く、ああいえばこういう。完全に善意でやっているのも質が悪い」

店主も俺に責めるつもりがないことをわかっていたため、返ってくるのは笑顔のみ。

「迷惑……だったかしら」

それをわかっていないリリーシュカは神妙な表情で聞いてくる。

「違う。リリーシュカが俺とドレスを選びたかった理由は恥をかかせないため——つまりは俺の面倒事を減らすためだ。それをどうして俺が責められる？」

「……なんていうか、色々と台無しよ」

「俺は心底真面目に言っているんだが」

どうして俺の方が呆れられているんだ？

その後、リリーシュカのドレスを選ぶにも結構な時間を要したが、満足げだったのでよしとしよう。

◇

仕立て屋を出ると、古めかしい時計台が鐘の音で正午を報せた。そんな時間になっていたのかと思いつつ、事前に評判がいいと情報を仕入れていたレストランに入る。それぞれ注文を終えたところでやっと一息ついた。

「まさかドレスを選ぶだけでこんなに時間がかかるとは思わなかった」

「色々考えていたらちょっとだけ、楽しくなっちゃったのよ」

「仕立て終わるのは一週間後だったか。既製品のサイズを整えるだけだからこの程度で済んでいる。一から作るとなると何倍もかかったはずだ」

「……改めて思ったけれど凄い手間がかかっているのね」

「職人技だからな。魔道具師がそういった工程を画一化して生産性を上げようとする試みもあるみたいだが、なかなか人の手には追いつけないらしい」

なんといってもクリステラは魔水晶関連の産業で栄えてきた国。エネルギー資源でもある魔水晶を自国で産出可能なメリットを活かさない手はない。

今すぐには無理でも何年何十年と技術を継承させれば技術革新の日が来るだろう。そうなれば職人が立場を追われる可能性があるものの、実際どうなるかは国政に委ねられている。

できたばかりの技術に頼って職人を追い出すようなことはないと信じたいが……王にならな

い俺にはどうすることも出来ない。

「いつか私たち魔術師も不要になるのかしら」

「どうだろうな。魔術は良くも悪くも生活に浸透している。日常的に魔道具を使うし、魔術がある前提は覆らない。それに――クリステラとヘクスブルフがやっていたように戦争でも使われる。人の命を奪うための道具として、な」

極論、人を殺すのに道具を使う必要すらない。原初の武器は拳で、人間なんて殴れば死ぬ程度の脆弱な生き物。武器や魔術を戦争に使うのは効率的に敵を殺すためだ。

だが、魔術よりも戦争に適した道具が現れたら躊躇いなく使うだろう。

そんな国と争えば敗戦は必死。傍観していた国は協力関係を持ち掛けるか、危険因子と判断して他国と共謀して国を滅ぼそうと試みる。その後の戦争は新戦術を前提として始まり、乗り遅れた国は呑み込まれるのみ。

国を守るためにはやむを得ないこととわかっていても、心から賛同は出来そうにない。

「魔術に罪はないわ。人間が悪用しているだけだもの」

「リリーシュカは本当に魔術が好きなんだな」

「……それしか縋れるものがなかっただけよ。嫌いではないけれどね」

静かに零した呟きはすぐに周囲の声で掻き消される。

魔術しか縋れるものがなかった、か。

　その気持ちは少しだけわかる。俺が縋ったのは魔術ではなく奇跡で、奇跡だと思っていたものが呪いだったわけだが。

「ウィルは魔術が嫌いなの？」

「好きでも嫌いでもない。目的を果たすための道具でしかないからな」

「考え方が冷たいのね」

「最優先事項は三食昼寝付きの自堕落生活を送ることだ。そこに魔術への感情が入り込む余地がない。無駄に疲れるだろう？」

「その割に魔術が大好きなティアとは一緒にいるのね」

「話が別……というか、レーティアから絡んでくるのにどうしろと？」

　俺がどれだけ拒絶しようとレーティアは俺のことを気にかけ続けるだろう。あの素直で純粋な少女をそうさせてしまったのは俺がかけた呪いだ。

「はあ……ダメね、私。ティアの名前を出したことは忘れてくれる？」

「婚約者の立場で疑問を持つのは当然だ。俺は気にしない」

「そうじゃなくて――」

　リリーシュカは難しい顔をして目を伏せる。なにやら迷っている気配を滲ませたので更なる反応を待つことに。すると、観念したのか俺をちらりと見て、

「……嫉妬じゃないから。私にそんな感情を向ける資格なんてないのに」

「感情を抱くのに資格なんて必要か？　嫉妬は神ですら逃れられなかった感情とも聞く。王子も市民も魔女も纏めて神より下等な人間なんだから仕方ないと割り切った方がいい」

淡々と語ればリリーシュカは呆気にとられたようにぽーっと俺を見上げた。それから、ふっと堪えきれなかったのか緩い笑みが漏れる。

「なにそれ。励ましてるつもり？」

「誰の役に立つかもわからない自論だが気休めにはなるだろう？」

「誰の役にも立たないなんてことはないわ。私は好きよ、そういう考え方」

「そりゃどうも」

「お礼を言うべきは私の方のはずだけれど」

「どうでもいいさ」

礼を望んだわけでもないのに感謝されるのは気が引ける。

話をしている間に料理が運ばれた。寮でのそれとは違うが、評判通りの味に俺とリリーシュカは満足して店を出る。

次に向かったのは銀細工の店。髪留めの修理が終わったとの報せは数日前に来ていた。

修理を頼んだ髪留めを受け取りに来たことを伝える。受付の女性は「店内をご覧になってお待ちください」と言い残して裏手へ消えた。

その間にリリーシュカの視線は店内に並んでいる銀細工のアクセサリーへ注がれていた。女性はアクセサリーが好きと聞くからな。

「欲しいものがあれば一つや二つくらいは買ってもいいが」

「……眺めていただけよ。物欲しそうに見えた？」

「それなりにな」

正直に答えると、リリーシュカは銀細工から目を離さず苦笑する。

「憧れみたいなものをもっているのは確かね。でも、アクセサリーで着飾るような性格でもないでしょう？」

「それを決めるのは俺じゃない。試しにつけてみればいいんじゃないか」

「…………つけられるの？」

「店員に聞いてみるか」

返事の前に長い沈黙があるあたり、明らかに気持ちが揺れている。手近な店員に聞いてみると快く承諾してくれた。

「お客様ならどれでも似合いそうですが……こちらのネックレスなどはいかがですか？」

店員が選んだのは細いチェーンに雫型の飾りがついた銀のネックレス。それが何故か俺に手渡される。

「折角ですからつけてあげてください」

店員に満面の笑みで勧められ、どうするんだとリリーシュカへ視線だけで意思疎通を図る。

俺とリリーシュカが学生の恋人とでも思われたのだろう。その片割れが自国の王子で、もう片方が婚約者だとは思っていないなさそうだが、平民が知らないのも当然だ。

「……つけなさいよ」

青い瞳が「早くして」と催促するように向けられる。目線は合わないし頰も仄かに赤い。つけろというなら構わないが……と、ネックレスを持った手をリリーシュカの首元へ近づける。手の甲に触れる銀糸のような髪にこそばゆさを感じる。髪を優しく払い、首の後ろにネックレスの留め具を掛ける。すると、ちょうど胸元あたりで雫型の銀細工が収まっていた。

「お客様、鏡はこちらに」

リリーシュカは鏡を見ると表情を僅かに綻ばせた。しかし、ここが店なのを思い出してか笑みを引っ込めてしまう。

「笑っていても馬鹿にするようなやつはいないぞ」

「あなたは違うの？」

「笑う理由がない。ネックレスのデザインがシンプルで人を選ばないのはあるが、よく似合っていると思う」

「…………そう。でも、やっぱり私には勿体なく感じてしまうわ」

残念そうに口にしてネックレスを外そうとするが、もし壊したらたまらないからと俺が外した。

「もういいのか？」

「買わないのに眺めていたらお店の方にも迷惑だろうから」

「見ないと買うかどうかも選べないからいいと思うぞ」

本人が乗り気じゃないなら控えようと思ったのだが、やっぱり興味がないわけではないらしい。たびたび棚へ視線を送っていた。

そうしている間に店の奥から小さな箱を持った店員が戻ってきた。

「お待たせいたしました。こちらが修理させていただいた髪留めになります。ご確認を」

リリーシュカが箱を受け取り、髪留めを手に取る。

付着してしまった黄緑色は綺麗な銀色に戻っていた。指先で念入りに、一つ一つ不備がないか確かめる。そして、胸元へ祈るように抱き寄せて「よかった」と零した。

反応を見るに髪留めはちゃんと直っているらしい。修理を頼んで正解だったと思いつつ、先に会計を済ませておく。値段自体は大したことはなく、ついでのものも紙袋に入れてもらってリリーシュカと合流する。

店の鏡を借りたのか、髪留めはもういつもの場所につけられていた。

「支払いは済ませておいたぞ」

「あ……ごめんなさい、髪留めが直ったのに夢中で」

「元から俺が払う話だったから気にするな」

「……ありがとう」

「思い出の品なんだろう？　多少の金で解決できるなら安いものだ」

「そうかもしれないけれど……手に持っている紙袋は何か聞いてもいいかしら？」

じっとリリーシュカの視線が俺の持つ紙袋に集中する。

「気になるなら見てみればいい」

元々渡すつもりだったため渋る理由もない。リリーシュカに紙袋を渡すと、怪訝な表情のまま中身を取り出し――

「……ねえ」

「なんだ？」

「見間違えじゃなければさっきのネックレスに見えるんだけれど」

「事実そうだな」

「……私、ねだっているとでも思われていたの？」

「婚約者には贈り物の一つくらいした方がいいのかと考えてな。これも円滑な婚約生活のためのものだ。いらないなら棚の奥にでもしまっておけばいいさ。非常時に持ち出して売ればある程度の値にはなるだろう」

いらないならそれでもいい。作り手に申し訳ないが、その場合は棚の奥で埃をかぶることになるだろう。

しかし、リリーシュカは「そんなことしないわよ」と箱を紙袋へ丁寧にしまっていた。

「折角の贈り物だもの。ありがたく貰ってもらっておくわ。……私も、少しだけ欲しいなって思ってはいたから」

「欲しいなら素直に言っていいんだぞ」

「捻くれ者だって言いたいの？」

拗ねた風だが、正反対に表情は柔らかい。

ここに居座っては邪魔になると思い、店を出て歩きながら話を戻す。

「礼がしたければ表面上だけでも嬉しそうにしていてくれ。無駄じゃなかったとわかる」

「……具体的には？」

「わかりやすいのは笑顔だろうな」

「難しい注文ね」

「一般的には普通のことらしいぞ」

楽しければ笑うのは普通だ。

けれど、俺もリリーシュカも普通には程遠い。

「これも花嫁授業？」

「個人的な理由だ。一人の王子として国を――クリステラを楽しんで欲しいと思っている。婚約者ならなおのこと。長い年月を過ごす街を嫌いになったら人生楽しくないだろう？」

「……ウィルは私と長い年月を過ごすことになると思っているの？」

「さもないと俺が王にさせられるからな」

流石に王になるよりはリリーシュカと生涯を共にする可能性の方が高い。

「まあ、どっちかが愛想を尽かして形だけの婚約になるかもしれない。未来のことは預言者じゃないからわからん。国交を取り持つためにも婚約の形だけは残すのが一番あり得そうだが」

「私も国に迷惑はかけたくないから賛成ね。国に帰っても居場所はないから」

「大魔女の娘だろう？」

「関係ないわ、そんなこと」

肩を竦めて口にする。居場所がないなんて寂しいことを言いながら表情一つ変えないのは、心の底から思っているからなのだろう。それはリリーシュカの心が強いからではなく、きっと痛みに心が麻痺してしまった結果だ。

「私は他のお店はいいわ。こんなものも貰ってしまったし」

「なら、今度は俺の買い物に付き合ってもらおう。仕立て屋で教えてもらったチョコレートという菓子だ。美味かったから買っておきたい」

「……ウィルって甘い物が好きだったの？」

「色々忘れるには丁度いい。女性こそ甘味が好きと聞くが」

「好きと呼べるほどお菓子を食べたことがないわ」

嫌いよりも悲しい返答だ。

「見聞を広めておくに越したことはない。金で解決できることなら相談しろ。クソ親父も政略結婚のためだと説明すれば納得するはずだ」

「豪胆というか、なんというか……ウィルもちゃんと王子よね」

「政略結婚という責任を果たすために使えるものを活用して何が悪い」

俺に努力という言葉は似合わないが、あくまで最善を尽くそうとしているだけ。

チョコレートショップで自分たちの分と花嫁授業に付き合ってもらっているレーティアにもお礼に買っておく。

店を出るころにはもう日が傾き始めていた。茜色の影に染まるクリステラは朝とは全く違う様相を醸している。リリーシュカは景色に思わずといった風に見入っているようだ。

優しく吹いた風に髪が靡く。

リリーシュカも髪を抑えて、感嘆の息をついた。

「こんなに楽しかった外出はいつ以来かしら」

「『やる気なし王子』やら『氷の魔女』やらと呼ばれていても、街に出ればこんなものだ」

「……それを伝えるために今日一日を使ったの？」

「あくまで本題はドレスの仕立てだ。これはただの副産物。避けられない面倒なら効率を考えるべきだと思わないか？」

「詭弁ね。でも、そういうことにしておいてあげる」

夕陽を背にし、上品に笑むリリーシュカ。

それは『氷の魔女』なんて呼ばれる少女には似合わない、歳相応の表情に思えて。

──ねばつくような視線をどこからか感じた。

急速に思考が冷える。咄嗟に気配と魔力を探るも発見することは出来なかった。

気のせいか？

無事だったのは相手が偵察を目的としていたからだろう。害する目的があったのなら既に手を出されていたはずだ。それに被害がないのにこっちから手は出せない。今は警戒をするだけに留めておこう。

後手に回るのはやりにくいが、他に取れる策もないため大人しくしているほかない。

「さてと。そろそろ帰ろう。この時間の路面魔車は混むから覚悟しておけよ」

「……ちゃんと守ってくれるのよね？」

「帰るまでがエスコートだからな」

両手が袋でふさがってしまうのでリリーシュカにチョコレートを持ってもらう。余った手を繋ぎ、歩調を合わせて帰路に着いた。

幕間◇■の追憶

「――わたし、大きくなったらママみたいにりっぱなまじゅちゅしになる！」

銀髪の幼い少女が屈託のない笑みを浮かべて言う。年若い女性は「楽しみね」とその少女の頭を撫でていた。

どこにでもあるような、至って普通の母と子の姿。

「どんな魔術が使えるようになりたいの？」

「うーん……ママみたいに、すっごいまじゅちゅがいい！」

青い瞳には母への憧憬がこれでもかと宿っていた。母も娘の純粋な想いに当てられてか、柔らかな表情のまま我が子の未来を思案する。

この子も自分のように、魔術の道を歩むのだろう――と。

それが幸せと言えるのか母にはわからなかった。

苦労も困難もある。出自もあって周囲から色眼鏡で見られることも避けられないだろう。

それでもどうか真っすぐ素直に育ってくれれば、自分のように魔術師にならなくてもいいと本気で思っていた。

しかし少女にとって世界の大半を占めるのは母であり、魔術。自ずとその道に踏み出した少女を止める理由を誰（だれ）も持ち合わせてはいない。

「――ママ、見て見て！　わたしできたよ！　まじゅつ、できた！」

心の底からの歓喜を示すかのような笑顔を振りまく。

成長した少女は初めて習得した魔術を仕事の合間を縫って見に来てくれた母に披露していた。

使っていた魔術はなんてことはない第一階級（アイン）の水魔術……生成した水を放出するだけの、至極単純なものだった。

しかし明確に魔術と区分されるものであり、少女は魔術師としての一歩を踏み出していた。

「……凄（すご）いじゃない！　私が見ない間にもう使えるようになるなんて」

「えへへ……すごい？　わたし、すごい？」

「ええ。とてもすごいわ」

母は娘を抱きしめ、しきりに褒める。少女の方も笑みを絶やすことはなかった。

しかし、笑顔の裏で懸念も浮かぶ。

少女の才能はかなりのものだ。魔術師のための国を治める自分よりも、もしかすれば――

娘はきっと魔術にのめり込み、加速度的に成長していくことだろう。そうなれば才能が明るみとなり、期待だけでなく嫉妬（しっと）や策謀までもが手を伸ばしてくる。

魔術という才覚が最も重要視されるこの国では、特に。

「——あれが、大魔女様の娘」
「なんと素晴らしい才能だ。あの年齢で上位属性まで操（あやつ）るとは」
「既に同年代では敵なし……成人並みの魔術師にも匹敵（ひってき）するでしょう」

さらに年月が経（た）つと、少女は周囲と比べられるようになった。品定めするような視線に日夜晒（さら）されながらも研鑽（けんさん）を続け、遂には大人顔負けの魔術の腕を有していた。

それでも少女にはまだ成長できるという自覚があった。

限界はここじゃない。

まだ、母のいる高みには届かない——

「——これを、あなたに贈るわ」

ある日、少女は母から手渡された小さな箱を開ける。そこには銀の髪留めが入っていた。飾りは雪の結晶を模していて、中心に小さな青い魔晶石があしらわれている。

「成人にはまだ早いけれど、魔術師としてはもう一人前よ」

ヘクスブルフの魔術師は子の門出を祝って、魔晶石のアクセサリーを贈る風習があった。少女はまだ早いんじゃないかと思いつつも、憧（あこが）れでもある魔術師から一人前と称されたことを嬉しく思う。

「お母様、着けてもらってもいいですか?」

「もちろんよ」

母が銀の髪留めを手に取ると、娘の銀髪を編み込み、毛先の方を髪留めで飾った。少女は束ねられた髪と髪留めを撫でると、感極まったように青の瞳を震わせる。

「とても似合っているわ」

「……ありがとう、ございますっ」

目を細めて笑む娘を、母は安堵して眺めていた。

——それを覗き見ていた存在は思う。

あぁ、なんて羨ましいのだろう……と。

第五章 ◇ ダンスパーティー

「……魔動車なんて初めて乗ったわね」

「富裕層にしか普及していない上に魔動車を開発したのはクリステラの技術者だ。他国の人間からすれば珍しいだろうな」

陽が沈み、空が薄明色に染まる時間。

俺とリリーシュカは送迎の魔動車に乗って王城へ向かっていた。

魔動車は街を走る路面魔車を個人向けに開発した乗り物で、まだ上流階級の人間しか享受できない段階の技術だ。車体を動かすための魔導機構を小型の機体に組み込む必要があり、技術の難易度に比例して価格も高い。

がたんごとんと機構が奏でる音と揺れ。隣に座るリリーシュカの顔色は明るくない。

「やっぱり緊張してるか」

「…………当たり前でしょう？　初めての本番が王城でのダンスパーティーなんて……悪いけど見世物にされる気分よ」

はあ、と深いため息が車内に響く。

今日は遂に来てしまったダンスパーティー当日。ドレスは王城の方に無事届いているとの報せがあった。リリーシュカも必死にダンスレッスンに取り組んだ。

付け焼刃にしては悪くないが、自信をもつには少し足りないくらいの出来栄え。しかし、ダンスレッスンを始めたばかりの頃を考えるとかなり進歩している。

パーティーで踊ることになったのは仕方ない。俺が出来る限りのフォローをする。とはいえ過度に緊張していたらパフォーマンスが下がる。到着までに緊張を解せればいいのだが。

「参加者の数もそれなりだろうが、貴族たちは学園に在籍している子息子女の多くを参加させるはずだ」

「陰口とあらぬ噂が横行しそうで気が滅入るわね」

「言いたい奴には言わせておけ。余程の馬鹿じゃなければ主賓に不敬は働かないさ」

なんて話している間に魔動車が止まった。

車窓から外を覗けば王城へ繋がる門があり、再び緩やかな速度で発進する。それから先、リリーシュカは黙り込んだまま魔動車は王城前へ到着する。

運転手に開けられたドアから俺が先に降り、

「――お手を拝借しても？」

演技っぽく口にしてリリーシュカに手を伸ばす。今の俺に求められるのはリリーシュカの婚約者としての振る舞いだ。面倒だが、それが一番面倒を避けられる。

「……ほんと、あなたって妙なところで真面目よね」

「そう見えるなら俺の役作りが完璧か、リリーシュカの目が節穴ってことになるな」

「前者であることを願うわ」

呆れ混じりに笑ったリリーシュカは俺の手を取り、魔動車を降りた。

衛兵と共に王城へ入る。すれ違う貴族と挨拶を交わすが、表向きは友好的に接された。あるいは嫌われていたとしても、学園で噂の『氷の魔女』と婚約することになった俺を憐れんでいたのかもしれない。

「こちらがリリーシュカ様の着付け室になります」

「……ありがとう。それじゃあ行ってくるわ」

「後で会おう」

俺も別の部屋で着替え、身なりを整える。

リリーシュカが準備を終えるのを待っていると扉がノックされた。

「リリーシュカ様をお連れいたしました」

侍女の声がして、扉が開く。すると、ドレスアップしたリリーシュカがおずおずと入った。

「…………ウィル。私、変じゃない……わよね？」

リリーシュカは注文した通りのドレスを纏っていた。しかし、ダンスレッスン中の何倍も自信がなさそうだ。

選んだのは夜空のような紫黒色のワンピースドレス。控えめながら膨らみを主張する胸元には段状のフリルと、魔晶石を加工したと蒼色のネックレス。スカートは前が膝下、後ろは足首まで隠れる長さで非対称なため脚の露出は少なめに抑えられている。

足元も低いヒールを履いているのだが、慣れていないのか歩きにくそうだ。髪も編み込まれたり結わえられたりとアレンジが加えられていて、楚々とした印象だ。

「……ねえ、ウィル。約束覚えてる？」

「約束？　……ああ、そうだったな」

ドレスの仕立てに出かけた日に言っていたことだ。

リリーシュカの目は真剣そのもの。縋るような雰囲気すらある。

「率直な感想としては、ドレスに着られている感がある」

「そうね。私には勿体ないくらいのドレスよ。こんないいものを着たのは初めてかも」

「それは良かったな。似合ってるぞ」

あっさりと、俺は伝える。お世辞は一切抜きだ。リリーシュカは容姿に限って言えば相当に整っているのだから似合わない方がありえない。

「どうした？　似合ってるって言われたかったんじゃないのか？」

「それは──っ、……そうだけれど、本当に言ってくれると思っていなくて」

「こんなつまらない嘘はつかない。もっと自信を持て」

「……無理よ。ドレスの着付けをされている間も、終わってからもずっと緊張が解れないの」

無理やり力を抜こうとしたのか、浮かべた笑みはぎこちない。

「リリーシュカはこういう場は初めてだったよな」

「そうね。あったとしても記憶がないわ」

「なら確認だが、今日の主役は俺とリリーシュカだ。ダンスパーティーの目的は俺たちの婚約を周知させるため。参加者はクリステラ国内の貴族がほとんど。俺を嫌っている連中で、学園生徒ならリリーシュカのことも知っている」

「……嫌われ者の自覚を持て、ってこと？」

「部分的には、な。繰り返すようだが俺たちは嫌われ者だ。なのに王のご機嫌を取るために上辺（うわべ）だけの感情でわざわざ集まってるんだぞ？　緊張するなんて馬鹿らしい。美味（うま）い飯を食べてちょっと踊って王城観光を満喫するくらいの気軽さで良い」

この一夜で人の見る目は変わらない。悪評はすぐに広まるが、善評は長い時間をかけて積み上がるものだ。もちろん悪評を上塗りするのは論外だが、そんな考えならリリーシュカは懸命にレッスンには取り組まなかったはずだ。

「――そうであるぞ、リリーシュカ嬢。バカ息子の言う通り緊張なんてせんでよい。人の努力を笑うような奴は器の小さなろくでなしと決まっておるからなぁ」

扉が開き、聞き覚えのある声が同意を示すように笑う。

頬を引きつらせて声の方を向けば、こんな場所にいていいはずのないクリステラ国王、ゼフが佇んでいた。

「……おい、クソ親父。パーティー会場はここじゃないぞ？　少し見ない間に耄碌したか？」

「それが父親へ吐く言葉か、バカ息子。せっかく緊張を解してやろうとサプライズをしにきたというのに」

「頼んだ覚えはない。あと、クソ親父のせいでリリーシュカがビビッてるんだが？」

「…………ビビッてないわよ。本当よ」

そうはいうものの、リリーシュカは俺の袖口を摘まんでいた。

声が震えるほど不安なら素直に言えばいいものを。

「……この白髪で精神年齢ガキ丸出しの男が国王、ゼフ・ヴァン・クリステラだ。信じたくはないが俺の父親でもある。信じたくはないが」

「育ての親に向かってなんと失礼極まる言い草。うぉっほん——改めてわしからも名乗らせてもらおう。わしが国王、ゼフだ。リリーシュカ嬢と顔を合わせたのはこれが初めてだな。一国の王以前に、バカ息子の婚約者に挨拶も出来ていなかったことを恥じるばかりだ。すまぬな」

頭を下げるクソ親父にリリーシュカが狼狽える。

「そんな……っ、私こそ驚きが先行してしまいご挨拶が遅れました。リリーシュカ・ニームヘインと申します。この度はパーティーへ招待いただき誠に——」

「畏まらずともよい。バカ息子を押し付けた詫びとでも思え。国内貴族からは相手にされなくなったろくでなし王子の婚約じゃからな。機会を逃せないのはこちらの方。バカ息子が迷惑をかけておらぬか？」

「………むしろ私の方が迷惑をかけているかと思います」

「気にしてないし、お互い様だって話は何度もしたはずだが？」

俺も婚約生活が円滑であることをアピールするために口を挟むと、クソ親父は驚いたかのように声を上げて笑った。

「これは面白いものを見させてもらった。バカ息子に婚約生活なぞ早いと思っていたが……思いのほかうまくやっているらしい」

「生憎と面倒事から逃げるのだけは上手いんでな」

「……ウィルよ、そこまで王になりたくはないか？」

ゼフの目が細められる。

クソ親父ではなく、一国を統治する王としての目。

「当たり前だ。何度聞かれても答えは変わらない。俺は将来、三食昼寝付きの堕落した生活を目指しているんだ。可能なら何もしたくないが、王子の立場がそれを許さない。だから最低限の義務を果たすため、望まない政略結婚を継続させようとしている」

「それは表面上の理由じゃろう？　ウィル、お前の本心はそこじゃない。わしやルチルローゼの当主、その才女は知っておる」

「……………だったら猶更、わかるだろ」

ああ、嫌だ。現実逃避だと突き付けられているようで頭に血が上っていく。それが逆説的にクソ親父の論を認めている証拠になる。

「俺は何もするべきじゃない。王になるなんてもってのほか。政略結婚の相手に選ばれたリリーシュカには心底同情する。堕落したやる気なし王子を押し付けられるんだからな」

そうだ。俺は独りでいるべきなんだ。

それが全員、幸せになれる選択で――

「馬鹿なことを言わないで」

気迫のこもった鋭い声が思考を斬り捨てる。

俺の手をリリーシュカが握っていてほんのり冷たい。青い瞳が真っすぐに射抜く。

「疑うことも、困ることも、嫌なこともなかったと言えば嘘になるけれど――それ以上にあなたと婚約してからの生活を私は楽しいと思っているわ」

「……………」

「あなたがいなければ私はひとりで毎日を浪費するだけだった。けれど今は気軽に話せる友達がいて、目標があって、皮肉交じりに支えてくれるあなたがいる。勝手に同情なんてしないで」

わからなかった。

俺が抱いた感情も、リリーシュカがどうしてこんなことを俺に伝えているのかも。

違う。俺が知ろうとしないだけだ。何年も前に諦めた行いがここにきて返ってきている。これが奇跡に縋った代償だと言うのなら——本当に、救えない。

「っ……こんなとき、に」

「ウィルっ⁉」

酷い頭痛がして頭を抑えていると、すぐリリーシュカに身体を支えられた。

「……倒れるほどじゃない。大丈夫だ」

「体調が悪いなら休んで。顔色、凄く悪いわ」

「これは持病みたいなものだ。少し休めば治る」

痛みに耐えながら思考からリリーシュカのことを遠ざける。疑わしい目つきのリリーシュカだったが「なら、ちゃんと休んで」と座るように促してきた。そういう顔も出来るんだな、と珍しい一面を記憶に刻んで、息を落ち着かせる。

「………クソ親父、いつまでいる気だ」

「もう去るつもりだ」

「ならさっさと出て行け」

「そう怒るでない。先行きが不安じゃったが……この分なら心配せんでもよかろう。パーティーも期待して待っておるぞ」

ではな、とクソ親父が部屋から去る。

なにが「期待して待っておるぞ」だ。面白がってるだけだろうが。心の中で悪態をつきつつ、

「勝手に可哀想なんて決めつけて悪かったな。こんなやる気なし王子との婚約で楽しんでくれる物好きとは知らなかった」

「私に自信がないって指摘する割に、あなたも自信がないのね」

「事実を客観的に判断したまでだ」

「そういうことにしておくわね」

リリーシュカは今のやり取りを照れ隠しとでも判断したのか薄っすらと笑む。そうじゃないんだが、否定するほどそう受け取られる気がしたので放置。パーティーが始まるまでしばしの休息を挟むことにした。

「……あー、本当に嫌だ。面倒だ。さっさと終わりにして寝させてくれ」

「諦めなさい」

「俺より嫌そうだっただろ……吹っ切れたのか？」

「情けないあなたの姿を見ていたらね」

俺たちはパーティー会場の舞台袖で管弦楽団の演奏を聞きながら待機していた。呼ばれてから会場入りする手筈だが、この時間が一番嫌かもしれない。

頭痛も少し休んでいたら収まったので体調も問題ない。リリーシュカは全く信じていなさそうだったが、俺の体調なんて俺がわかっていればそれでいい。

「今のうちにステップの確認でもしておいた方がいいんじゃないか？」

「してるわよ、何度も」

見ればリリーシュカの脚は教えた通りのステップを踏んでいる。ヒールが鳴らすリズミカルな音が心地いい。練習の成果が垣間見えるそれを眺めていると、

「ウィル様、リリーシュカ様。そろそろ入場のお時間になります」

「わかった」

係りの者が呼び出しにきて少しすると、クソ親父の声が聞こえた。

「我が息子にしてクリステラ第七王子ウィル・ヴァン・クリステラとその婚約者、リリーシュカ・ニームヘインの入場である！」

「さて、いくか」

「そうね」

リリーシュカと手を取り合い、二人揃って入場する。

ぱっと開ける視界。

豪華絢爛なシャンデリアに照らされたホールだ。埋め尽くすのは老若男女問わない貴族が打ち鳴らす拍手の音と豪勢な料理の匂い、管弦楽団が奏でる音楽。

　そして、嫌味とすら思えるクソ親父のにやけ顔。

　赤い絨毯の上を歩く俺たちへ向けられる視線は普段と同じようで、少しだけ違う。

　驚愕と嗤笑と侮蔑が大半を占めるが、リリーシュカの家名を知って目を光らせる者もいる。それは特に上位の貴族に多かった。

　彼らならヘクスブルフとの休戦協定も耳に入っているだろうし、リリーシュカの家名……ニームヘインがヘクスブルフを統治する大魔女のそれと同じと気づくはず。ならばどの立場を取るのが賢いか、と頭の中で皮算用を立てている最中だろう。

　嫌われ者のやる気なし王子に付くべきか、はたまた次期国王として有力な他の王子王女に付くべきか。

「……これだから嫌なんだ、貴族社会ってのは」

　小声で呟き、ため息を一つ。

　表面上は笑っていても仮面の裏では謀略を巡らせ、自分の利益になる未来のために誰かを意図して動かそうとしている。社交界やパーティーなんてものは情報収集と、言葉巧みに権益を引っ張り出すための場でしかない。

「完全に伝えるのを忘れていたが、勝手に約束事を結ばない方が身のためだ。口約束でも言った言わないで争うことになるし、こんな場で持ちかけられるのは大抵不利な条件の内容だ」

「……わかったわ。なるべくあなたから離れないようにしておくから」

「ずっと一緒にいる必要はないぞ」

「…………ダンスで頭がいっぱいで他のことを考える余裕がないの」

「俺が求めすぎた。今日はダンスに集中してくれ。集まってくるやつは俺が対処する」

腹の探り合いは久々だが……なんとかするしかない。そんな話をしつつ会場の奥、全員の注目が集まるであろう席に並び立つと拍手が止む。

咳払いを挟み、王子としてのスイッチを入れる。

「――皆は当然周知とは思うが、今一度自己紹介をさせてもらう。俺はクリステラ王国第七王子、ウィル・ヴァン・クリステラだ。今宵は俺と婚約者――リリーシュカの婚約披露の場へ足を運んでもらったこと、心より感謝する」

口調は尊大に、態度は王子として不遜なものへ変え、俺は貴族たちへ挨拶をする。不満があろうと表に出せるはずがない。これは祝いの場。王子の婚約を表向きでも祝福できない貴族はすぐさま家を取り潰されることだろう。

「だが、皆の中には彼女の名を知らぬ者が大半だろう。リリーシュカ、挨拶を頼む」

事前の打ち合わせ通りリリーシュカが頷き、呼吸を整えてから、

「……このたびウィル・ヴァン・クリステラと婚約させていただくこととなりましたリリーシュカ・ニームヘインです。生まれは隣国、魔女の国へクスブルフで、大魔女リチェーラ・ニームヘインの娘に当たります。現在は国王陛下のご厚意によりクリステラ魔術学園に通わせ

ていただいています。以後、お見知りおきを」

最後まで噛まずに言い切り、覚えたてのカーテシーを一つ。

ヘクスブルフの名を上げた瞬間にいくつかの貴族の顔が曇ったが、それも仕方のないことだと思う。資源を巡って争い続けてきた敵国を指揮する大魔女の娘と、嫌われ者とはいえ自国の王子が婚約するのだから。

だが、それにより俺とリリーシュカは政略結婚だと伝わる。

「此度の婚約はクリステラとヘクスブルフを結ぶ友好の証となるだろう。皆もこの祝いの場を楽しむことを期待している」

挨拶を締めくくり、揃って席に座る。

少し遅れて拍手が響き、俺たちの仕事は終わり——ではない。

「ウィル様、リリーシュカ様、改めて婚約おめでとうございます」

初めに祝い言を伝えに訪れたのは旧知の仲のレーティア。公爵という地位も王国貴族の中では最上位だ。赤いドレスを身に纏い、公爵令嬢として相応しい立ち振る舞いを見せるレーティアは普段と別人に感じられる。

「ありがとう、って言っていいのかしら?」

「お祝いに来たんだから受け取ってもらわないと。ドレス姿、すごく似合ってるよ」

「……面と向かって言われると照れるわね。ティア……いえ、ルチルローゼ様も似合ってるわよ。おとぎ話のお姫様みたい」

「そう？　嬉しいな。でも、今日の主役は二人だよ。ウィルくん、ちゃんとリーシュを守ってあげてね？」

「わかってる。ヘクスブルフの人間ってだけで無遠慮に負の感情を押し付ける奴がいないとも限らない。そこまでの馬鹿は紛れてないと流石に信じているが……」

人間、理屈よりも感情が先行することは大いにある。

「二人のダンスも楽しみにしてるからね。ちゃんとリードするんだよ？」

なんて言い残してレーティアは去っていく。後が呆れるほど控えているのだ。その後も位の高い順に訪れる貴族たちへ挨拶を返し、上辺だけの軽い言葉を浴び続けた。

料理を食べる暇なんてない。少しくらい取り置きしておいた方が良さそうか？　なんて考えつつも、人の波が途切れたタイミングでリリーシュカが息をつく。

「……もう疲労感が凄いわ。今日はよく眠れそう」

「そりゃあいいが、ダンスが控えてるのは覚えているよな」

「考えないようにしていたことをどうして思い出させるのよ」

「――それでは第七王子ウィル様とリリーシュカ様の婚約を祝いまして、ダンスのお時間とさせていただきます」

パーティーの進行役から案内が入る。料理に舌鼓を打っていた貴族たちも皿を置き、ダンスのために空けられていたスペースに集まった。

「俺たちも行くか」

リリーシュカからの返事はなく、無言で首を縦に振るだけ。緊張した面持ちのリリーシュカと共にスペースの中央に立つと、ずっと続いていた管弦楽団の演奏が止まる。

向かい合い、そっと手を取った。

自信なさげな青い瞳と視線が交わる。

真正面から改めて見たリリーシュカは、異国の姫と紹介されても疑いようのないほど綺麗だ。

「必要以上に上手く踊ろうなんて考えるな。ミスも気にしなくていい。アドリブでもなんでも俺なら合わせられる。それと――目いっぱい楽しめ」

「……善処するわ」

ぎこちなくリリーシュカが頷いて、管弦楽団が別の曲を奏で始める。王国の舞踏会では一般的な曲だ。練習したことがある曲が流れ、リリーシュカは安心したのか僅かに頬が緩む。

呼吸を合わせてステップを踏んでダンスを始めると、周りのペアも後に続いた。二人で円を描くようにステップを踏みながら立ち位置を変える。

テンポを乱さず、リリーシュカをリードするように手を引いたり身を寄せる。息もかかりそうな距離感。真剣な表情をしていたリリーシュカの頬がほんのりと朱に染まった。

「……近い気がするのだけれど」

「婚約者ならこんなものだし、ダンスなら自然だ。まさかキスでもされると思ったのか？」

「…………違うわ」

図星か、と思ったが言葉にはしない。リリーシュカは意外と初心らしい。揶揄うネタには事欠かないが、ここで機嫌を損なわれても困る。

そのまま目立ったミスもないまま曲も大詰めに入り——最後まで踊りきると会場を盛大な拍手が満たした。

「お疲れ様、リリーシュカ」

「……ありがとう。あなたのお陰で無事に踊りきることができたわ」

「一応ダンスの時間はまだ続くが……他の人と踊る余裕はないだろう？」

「精神的な疲労が強くて……少し休ませてもらうわ」

「その分、俺が見世物になってくるとしよう」

リリーシュカを席に連れて行き、落ち着かせたところで「ウィルくん」と声がした。

「レーティアか。どうした？」

「その……良かったら、ダンスをご一緒させていただいてもよろしいでしょうか？」

「淑女からのお誘いとあれば受けないわけにはいかないな」

なんて演技交じりに応えて、今度はレーティアとも踊ることに。

気心の知れた相手だと気が楽だ。聞き覚えのない貴族令嬢に誘われても別の狙いがあるんじゃないかと勘繰ってしまうからな。

曲の合間を見計らい、途中からダンスに参加する。

レーティアは非常に滑らかなステップを踏む。伸びた腕のラインすら美しい。令嬢としての格を一挙手一投足で周囲に示すかのようなそれに、俺も合わせながら感嘆の息をつく。

「流石だな。公爵令嬢の名は伊達じゃない」

「こうでもしないと欠けた私は価値を示せないもの。それより……リーシュ、凄く頑張ったんだね。二人のダンスは見ていてとても楽しんでいるんだなあって伝わってきた」

「レーティアからそう見えたのなら一安心だ。どうなることかと心配だったが、習いたての頃を思い返すとかなりの進歩と言っていいだろう」

ダンスが成り立つレベルにまで育ってくれて本当に良かった。

後でちゃんとリリーシュカを褒めておかないとな。

「──わたし、リーシュのことを羨ましいと思っちゃった」

ぽつりと、囁くようにレーティアが呟く。

「何度も言うようにウィルくんとリーシュの婚約を祝っているのは本当。だけど……わたしがウィルくんの一番近くにいられない日が来たんだなあって思っちゃって」

「人生の伴侶という意味であればそうかもしれないが、だからといって関係を断ち切る必要なんてない。現にどうやっても切れない縁が一つあるだろう？」

「そうだけど……わたしがリーシュの立場なら、すごくすごく嫉妬すると思う。元婚約者で今は愛人でもない異性と深いかかわりがあると知ったら――」

「それとこれとは話が別だが、そのうちリリーシュカにも話す必要はあるだろうな」

俺の抱える秘密はおいそれと話せるものじゃない。一歩間違えればリリーシュカを危険に晒してしまう。だが、俺の推測が正しければリリーシュカは――

「……そうじゃなくて。ウィルくん、わかっててはぐらかしてるなら性格悪いよ？」

ため息をつくレーティアがダンスの動きに乗じて身体を寄せてくる。真紅のドレスに包まれた胸が当たり、柔らかな感触を伝えてくる。首元にかかる息がこそばゆく落ち着かない。

「なんのことだか」

「わたし、リーシュを悲しませたくない。でも、この想いも捨てきれない。命の恩人の王子様が攫ってくれたらいいのに――って、ずっとずっと思ってる」

「無責任で都合のいいときしか助けてくれない王子様なんて忘れた方が幸せだぞ」

「でも、そんな王子様がいないと人生面白くないいんだもん」

ふふ、とレーティアは薄く微笑む。

こんな話を誰かに聞かれていたらどうするんだよと思うものの、どうせ演奏の音に掻き消されて聞こえないことまで計算づくだ。

「だから今日、この瞬間だけは――わたしのために踊ってくれる？」

「言うの遅すぎるだろ。もう一巡しろと？」

「体力だけはあるからね」

誘い文句を言ってはいるが、表情から離す気がないと伝わってくる。

リリーシュカは皿に少々盛り付けた料理を食べながら俺たちのダンスを眺めていた。視線が合うと気まずそうにさっと逸らされる。

まあ、この分ならもうしばらく踊っていても問題なさそうか。

「もう一巡だけな」

「そうこなくちゃ」

◇

レーティアとのダンスを終えて席に戻ると、リリーシュカの姿が消えていた。料理でも取りに行っているのかと魔力を探せばすぐに見つかった。

会場から繋がるバルコニーの扉を開けると、流れてくるのは冷たい夜の風。

空を埋め尽くす満天の星と半月。

そして、夜色のドレスを纏う婚約者が銀髪を靡かせていた。

「主役ともあろうお方がこんな場所で独りぼっちとは」

「誰でも一人になりたいときはあるでしょう？」

「だからってパーティーの最中じゃなくてもいいだろうに。会いたくないくらい嫌いな奴でもいたか？」

「…………ただの自己嫌悪よ」

棘のある態度は変わらないものの、自嘲気味に笑って髪を耳にかける。

それだけの動作が衣装のせいか妙に様になって見えた。

「こういう場は苦手みたい。意味もないのにあることないこと考えてしまうから」

「人が多いとどうしてもな。俺も同じだ。ひとけのないバルコニーは落ち着く。主役二人がこんなところに逃げ込んでるのはどうかと思うが」

「私たちを探すのなんてティアくらいよ。他はいてもいなくても構わないと思ってる。みんなダンスや食事、交渉事に夢中だから」

「邪魔は入らないってわけか。内緒話をするにはうってつけだ」

「……なにか話でもあるの？」

「ないこともない」

まさか本当にあると思っていなかったのか、リリーシュカの顔が少しだけ引き締まる。

「私の過去のこと……とか？」

「気にならないこともないが雰囲気に乗じて聞き出す気もないし、俺の秘密を打ち明けるのも今じゃないと思ってる」

「私には興味がないのね」

何気ない一言に俺は言い返せない。俺が冷たいとか情がないとかそういった話ではなく、もっと根本的な――言うなれば治ることのない持病のようなもの。

「……まあ、なんだっていいわ。そろそろ中に戻りましょう？　私たちがいないとパーティーが終わらないわ」

興味なさげにリリーシュカは身を翻し、会場へ戻ろうとして。

夜に溶け切れていない嫌な違和感を覚える。

頭の奥が冷え、怪しい気配と魔力を探る。城の屋根に黒い外套を被る人が映った。

不審者の手は俺とリリーシュカへ向けられていて、魔術の発動は間近。

「リリーシュカッ‼」

遠ざかる背に手を伸ばす。

肩を掴み、有無を言わさず抱き寄せ、自身の直感に従って即座に魔力を練り上げる。

「隔て遮れッ！」

『障壁』を展開した瞬間、術者から紫電が放たれた。『雷撃』は『障壁』と衝突し、俺とリリーシュカへ届かず周囲へ霧散していく。

気付くのが遅れていたらと考えるも、それより先にすべきことがある。

俺たちに奇襲の魔術が防がれ動揺したところを逃さず狙う。

「鳴り響け天の号哭――『空鳴』」

放つのは空気を震わせて発生させた音の共鳴で意識を奪う無属性第二階級魔術『空鳴』。夜の静けさを引き裂き、耳に響く高音が波紋のように広がっていく。

直撃した術者は耳を抑える素振りをしたまま屋根を転がり落ち、中庭へ落下した。万が一にも死なれないように『障壁』で衝撃を和らげてはいるが、逃げられては敵わない。

「侵入者を捕らえろッ!!」

音を聞いて集まってきた衛兵へ命令すると、慌てて会場を飛び出していく。

「……今のは」

震えた声でリリーシュカが囁く。

「雷が飛んでくる気がしたから抱き寄せただけだ」

「………雷が飛んでくる気がしたってなによ」

緊張を解すためにも冗談めかして答えたのだが、お気に召さなかったようで上目遣いのまま睨まれる。もっと文句を言われるかと思っていたが、恐怖の方が勝っているようだ。借りてきた猫のように大人しく、ぴったりとくっついたまま離れようとしない。

その後、侵入者は逃げること敵わず捕らえられ、パーティーは当然中止となった。

俺とリリーシュカは二人揃って同じ部屋へ護送され「何かあれば構わず衛兵を呼ぶように」

とも言いつけられた。

彼らとて俺たち二人が狙われたことなど理解しているはず。

だから俺とリリーシュカを一緒の部屋に置いて守りやすくするという結論は間違っていないのだが……

「……どうやら一緒のベッドで寝ろということらしい」

肝心のベッドが一つしかなかった。いくら婚約者でも同衾(どうきん)はしないだろう。リリーシュカがそこまで気を許しているとも思っていない――

「……今日に限っては我慢してあげてもいいわ」

「………………」

羞恥(しゅうち)と葛藤(かっとう)を入り混ぜ絞り出した答えに俺の方が驚かされる。恐怖で思考が麻痺(まひ)しているのかもしれない。それならやぶさかではないが……先の襲撃の原因は恐らく俺にある。ならば迷惑料ということで納得もしよう。

「もしかして雷が苦手なのか？」

「仕方ないでしょっ⁉　……あの音も光も、昔のことを思い出すから苦手なの」

涙目で訴えるリリーシュカにやっぱりそれもあるかと安堵(あんど)する。

「悪いとは言っていない。リリーシュカがいいなら俺は構わん。……ああ、間違っても手出しはしないから安心して寝るといい」

「………そこまで言われると逆に腹が立つわね。お風呂には入れるのかしら」

「メイドを引き連れていくことになってもいいなら入れるはずだ」

「……よかったわ。ずっと楽しみにしていたんだもの。それだけは譲れないわ」

ほっと胸をなでおろすリリーシュカ。本当に風呂が好きなんだな。これで心の平穏を保てるのなら安いものだ。さっそく入るらしく、近くにいた衛兵にリリーシュカを風呂まで送るように頼む。ついでに紅茶の支度をしてもらってから部屋で静かに思考を巡らせる。

部屋の外では朝まで衛兵が護衛してくれる手筈になっている。

あの『雷撃』はまず間違いなく俺かリリーシュカ、またはどちらをも狙った敵からの攻撃だ。俺たちの間にある共通項は政略結婚。普通に考えれば俺とリリーシュカの婚約で不利益を被る人間からのアクションに他ならない。

「今日、俺たちが確実にあの場にいると知っているのは身内か招待された貴族のみ。加えてリリーシュカが魔女の国の人間だと事前に知れるのは――」

そこまで考えて深いため息が出てしまう。推測が正しければ俺の嫌いな権力闘争に巻き込まれたのだろう。それなら次が確実にある。

真実へ辿り着かれた場合、窮地に立たされるのは襲撃者の方だ。

俺なら口封じを試みる。

「なんにせよ警戒だけはしておこう。本当に面倒だが、な」

◇

「――此度の失態、お前はどう責任を取るつもりだ？」

「申し訳ありません、フェルズ様」

誰もが寝静まった深夜の学生寮にて、その密談は行われていた。

クリステラ王国第五王子フェルズ・ヴァン・クリステラへ、彼の派閥に属する貴族家の当主が頭を下げていた。フェルズは失態と言っていたが初めから期待していなかったようで、興味なさげに視線を半月の浮かぶ夜天へ向けている。

「……まあいい。何が起こったのか全て、詳細に報告しろ」

「…………昨夜王城にて行われた第七王子とその婚約者――魔女を主役としたダンスパーティー中に二人を狙い、同志が『雷撃』にて奇襲しました。しかし、即座に第七王子の『障壁』の魔術で防がれ、刺客は衛兵に捕縛されました」

「口封じは当然してあるな？」

「勿論でございます」

貴族の男が恭しく礼をする。計画に失敗し、捕まった時点で死の運命は免れない。

「まさか不出来な愚弟があの『氷の魔女』と政略結婚するとはな。このままではヘクスブルフとの関係で第七王子が先頭に立つことになる。かの国との利権を求める貴族のいくつかは奴につくだろう。頭角を現す前に潰しておかねば」

フェルズはウィルを出来損ないと称してはいるが、その目に油断の色はない。

「フェルズ様、第七王子はそこまで警戒するほどの人物なのですか？　わたくしには王子の責務を全うしない堕落者にしか見えませんが……」

「おおむねはその通りだが、奴には恐るべき魔術の才がある」

「……魔術の才、ですか。確かに魔術学園に推薦入学したと聞きましたが、あれは王子としての箔をつけるためのものと」

「…………あの学園長がそんなことをするわけがない。なぜかわかるか？　俺が推薦試験を落ちているからだ」

「それは……学園長に見る目がなかったとしか」

貴族の男はフェルズの機嫌を取ろうとするが、逆に零度の視線を受け、たじろぐ。

「事実はありのままを受け止めなければならない。その慢心で誤算を起こすのは低能のやること。幼少期は学園長が奴の魔術の師をしていたこともある。何かが目に留まったんだろう」

「そんなことがあったのですか」

「奴の魔術は年齢と比較して相当に練磨されていた。今となっては見る影もなくなったと思っていたが……どうやら爪を隠していただけらしい」

気分を落ち着けるように紅茶を啜るフェルズだが、やはり目の奥にはウィルに対する強い感情が見え隠れしている。

一言で表すなら嫌悪だろうか。それと、僅かばかりの嫉妬も。

「もういい、下がれ。今後の方針は追って伝える」

「御意に」

深々と頭を下げ、貴族の男は部屋を去っていく。

一人になったところでフェルズはゆっくりと瞼を閉じて背を深く凭れさせた。脳裏に浮かぶのは自分にとって因縁とも呼ぶべき男の姿。

「――お前は昔から目障りだった。幼い頃の才気あふれる姿も、王位継承権が俺より下にもかかわらず周囲の期待を浴びていたことも、まるで俺を意識する素振りすらなかったことも」

一つ一つ確かめるよう口にして、紅茶と共に再び呑み込む。

フェルズにとってのウィルは後々王位争いをするであろう敵の一人。やる気なし王子でも変わらない。明確な敵意を幼いころから積み上げ、ウィルを消す機会を淡々と狙っている。

「最後は俺が王になる。他の王子王女も、嫡子だなんだと馬鹿にしていた貴族どもも全員消して、俺がクリステラを未来へ導く。手始めにあの二人だ」

薄く開いた切れ長の双眸には昏い光が宿っていて。

「俺も動くとしよう。他人に期待するのは馬鹿らしい。煩わしいことこの上ないが……計画が無に帰すよりは余程いいか」

カップをテーブルに置き、フェルズはゆっくりと立ち上がる。

保管してある細身の剣を取り、供も連れずに一人で寮を発(た)った。

第六章 ◇ 凍てついた過去

「眠れなかったようだな」

「当たり前だ。暗殺されかけた夜に安眠できるほど平和ボケはしてない」

ダンスパーティーの翌日。

俺はクソ親父に呼ばれ、朝から応接室で顔を合わせていた。リリーシュカには部屋で休んでもらっている。

昨日は意図せずリリーシュカと一緒に寝る羽目になった。よほど怖かったのだろう。「まだ起きてる？」「どうしよう、眠れないのだけれど」と縋るように囁かれては、流石に放っておくことはできなかった。

恐らくあの魔術師の狙いは俺で、リリーシュカはその巻き添えになっただけ。ならば寝るまで付き合ってやろうと寝息が聞こえてくるまで起きていたのだが……結局、リリーシュカが寝付いたのは明け方前。

俺の眠気は一周回って消えたが疲れは残っている。

次なる襲撃を警戒して、しばらくは王城で過ごすことになるらしい。休む時間があるのは救

いだな。

「それよりも……今回の件、犯人は確実に身内だ」

「わかっておる。侵入者は捕縛したが――」

「自害された、だろ？」

「……仕込まれていた自決用の魔術だろう。血の塊を吐いて死んだ。奥歯に毒薬も仕込まれておったが」

「念入りなことだ」

本来なら捕縛された時点で自害するつもりだったのだろうが、侵入者とて死にたいわけではない。だが、それを依頼主の方が許さなかった。

「黒幕の情報は？」

「それを吐かれる前に死んでしまった。だが……ウィルも言っておったように疑うべきはまず身内だろう」

「嫌われる心当たりならあるが、暗殺されるほど恨まれる覚えはないぞ」

「……ヘクスブルフとの休戦協定を結ぶ際、議会も荒れた。いわゆる反魔女派というやつだ。我が国の資源を略奪する魔女の国を許すな、などと理由を付けてヘクスブルフとの戦争続行を望んでおった」

「そいつらが今回の犯人だと？」

「可能性は高いだろう」

反魔女派、か。そういった思想の持ち主が貴族社会のみならず市井にも広まっていることは知っている。しかし今回のような襲撃を企て、実行できるのは俺と同じく王族の人間だろう。城の警備とも通じていなければあんな犯行は行えない。

「だが、あの程度の刺客では相手にならんお前に言うことはない。リリーシュカ嬢から片時も目を離すでないぞ」

「護衛を付けようって気はないのかよ」

「学園には目が届かない場所も多い上に、もしもアレを使うとなれば邪魔だろう？」

「……………」

俺は呆れ混じりにクソ親父へ視線を送るも、にやついた笑みがあるのみ。

「リリーシュカ嬢はどうだ？　昨日は一夜を共にしたと聞いておるが」

「言い方がいちいち気持ち悪い。何もないしあるわけないだろ。寝不足に見えるのはリリーシュカが怖がってなかなか寝付けなかったからだ」

「紳士なのは良いが、わしは早く孫の顔が見たいぞ」

「もう孫いるだろ」

俺より歳上の王子王女は自国で相応の格の貴族と婚約したり、他国の王族に嫁いだりしている。だから孫は何人かいるし、俺はこの歳で叔父扱いだ。

「婚約の方は上手くやっているつもりだ。俺自身の平穏な生活のためにな」

「案外悪いものでもないであろう？　自分では気づいていないかもしれぬが、顔つきが少々変わっておる。死んだ魚の目だったのに対して、今は生死を彷徨う魚の目といったところか」

ほんの僅かに生気が宿ったことを喜ぶべきか、実の親からそんな風に見られていたことを嘆くべきか……いや、元からこんな感じの認識だったな。

「相性が良かったのかもしれぬな」

「寝言は寝て言ってくれ。アレのどこが相性良く見える」

なぜだか無性に腹が立つ。俺がリリーシュカと上手くやろうとしているのは間違っても王にならないため。政略結婚という外面を維持していれば俺の欲する自堕落な生活を続けられる。

「何かあればすぐに書を飛ばせ。新しい証拠があれば追って伝えよう」

「身内が敵だったとして明白な証拠を掴んだ場合、俺が手を下しても構わないよな？」

「好きにせよ。……その場合、確実に敵対勢力が生まれることになるぞ」

「命を狙われ続けるよりはいい」

「王位継承戦に巻き込まれることになっても、か？」

鋭い視線。確実にそうなると予想している剣呑な雰囲気に息を呑む。

「王位継承戦は平穏に終わることもあれば、最後の一人になるまで骨肉の争いをすることもある。わしの時は後者だった。王座に就いたのは王位継承権を放棄し、王都から身を引いて継承戦が終わるまで辺境に隠れていた臆病で無責任な王子だ。他の兄弟姉妹は皆死んだ」

「………」

「皮肉なものだろう？　王位継承権を捨てたわしの他に王座を継げる者がいないからと王に据えられるなど。お前たちにはそんな争いをして欲しくはないのだが――」

「難しいだろうな。良くも悪くも野心家が多い。誰も（だれ）が自分を頂点だと思い込んでいる。その思想に異を唱えれば、どうなるかなんて火を見るよりも明らかだ」

王座に興味がなくて継承権を捨てようと考えているのは俺くらいだろう。そして俺は誰の派閥にも入る気がない。敵対しないだけの無能王子は排除する理由としてじゅうぶん過ぎる。

「身の安全が脅かされるなら抗うが……果たしてどうなるかな」

◇

「寝れないのか？」

数日空いて、王城から帰った日の夜。

なんとなく寝付けなかった俺が水を飲みにリビングを通ると、ベランダで夜空をぼんやりと眺めるリリーシュカを見つけた。こんな深夜に俺が起きてくると思わなかったのだろう。リリーシュカは肩を跳ねさせながら振り向く。

「驚かさないで。余計に眠れなくなるじゃない」

「悪かったな。俺の事情で迷惑をかけた」

「……別にいいわよ。驚いたのは本当だし、動けなくなるくらい怖かったけれど……あなたはちゃんと助けてくれたでしょう?」

「リリーシュカにいなくなられると俺が困るからな」

「だとしても、あそこまで迷わず身体が動くのかは疑問ね。ウィルは術師に気づくまでが異様なほどに早かった。対処のための魔術構築も適切」

「……何が言いたい?」

「本気になれば歴史に名を残すような魔術師にもなれそうね、と思って」

本気になれば、か。

別段、王城でのアレは本気を出したわけではない。持ちうる知識と経験で状況を判断し、適切な対処をしただけ。慣れれば誰にでも出来ることを当たり前にやっただけに過ぎない。

「歴史に名を残す魔術師になってどうする。隠居生活が出来るなら考えなくもないが」

「富も名声も力も手に入るって考えたら目標にする人は多そうだけれど」

「俺は平穏に暮らせるならなんでもいい。そういうリリーシュカは歴史に名を残す魔術師になりたいのか?」

「……私は強く気高く、優しい魔術師になりたかった。私の母——魔女の国ヘクスブルフを治める大魔女リチェーラ・ニームへインのように」

昔を懐かしむかのように表情を緩めてリリーシュカが呟く。

「少しだけ、昔話をしてもいい？」

「聞いて欲しいなら聞くが」

「……そう言われると急に話す気が失せてくるわね」

呆れ顔で息をつき「まあ、聞いてもらおうかしら」と口にして淡々と語り始める。

「私は知っての通り大魔女リチェーラ・ニームへインの娘として生まれ、次代の大魔女として期待されていたの。魔術も四歳ころには使えるようになっていた。でもね、ある日……私はとんでもないことをしてしまった」

「飾ってある高い壺を割ったとか？」

「…………話の腰を折らないで。全然違うわ」

否定するリリーシュカの表情は硬く、声も僅かに震えていた。

自分の過去を話すだけでこんな風になるだろうか。

その答えは、リリーシュカからすぐに明かされた。

「――魔術が暴走して街も人も、全てを凍らせたの」

身体の芯まで凍てつくほどに冷たい声だった。

ただならぬ気配に喉の奥が詰まった。まともな返答ができないことに僅かながらの申し訳なさを感じる。しかし、どう反応するのが正解かわからない。

それは己が犯した罪の告白であるために。

「国への被害は甚大。街の復旧には何か月もかかったわ。氷漬けになった人からは死者も出た。私が大魔女の娘で魔術の暴走が原因ということもあって、与えられた罰は無期限の軟禁生活だけ。命で罪を償うようなことにはならなかったけれど、国民は私のことを『氷の魔女』と忌み嫌った。これが私の始まり」

「………」

「軟禁中の私は死んでいないだけ。家族との面会はなく、誰と話すこともない。孤独と無限に等しい時間だけが私の持ち物。だから私は持てる時間の全てを魔術の研鑽に費やした。二度と同じ過ちをしないために。まともな教育を受けていない理由もわかったでしょう？」

俺は表情を変えずに「ああ」と一言。

大魔女の娘なのにまともな教育を受けていなかった時点で、何かしら面倒な事情を抱えていることは予想していた。

それがこれか。

魔術の暴走は稀にある事故ではある。だが、俺の勘が正しければリリーシュカが引き起こしたのは魔術の暴走ではないし、恐らくリリーシュカもわかっていながら真実を隠した。

それを悪いと責める気も、咎めるつもりもない。

リリーシュカにとっては明かしたくない秘密なのだろうから。

「その後はクリステラとの休戦協定が進み、人質代わりに私の身柄がクリステラ……魔術学園の預かりとなったわ。表向きには留学生という扱いね。それから正式に休戦協定が締結されて政略結婚という流れよ」

「なかなか壮絶な人生を送っていたんだな」

「……感想、それだけ？」

「同情して欲しいならするが」

「そうじゃなくて……」

「ああもう」と頭を振るリリーシュカは俯きながらの百面相。

最終的に俺の反対側へ視線を逸らして、

「……幻滅したでしょう？『氷の魔女』は本当に『氷の魔女』なのよ」

それだけを告げ、身を翻してリビングに戻ろうとする。

夜風に靡く銀髪が遠ざかり、俺だけがベランダに取り残された。

空いた隣の空間が妙に広く感じるのは気のせいではない。

「……明日の授業に響くな、これは」

こんな話を聞かされては熟睡できる気がしない。

夜風で感情を冷まして部屋に戻ったが、眠れるはずもなく朝を迎えるのだった。

「報せを聞いた時は本当に驚いたけれど……二人とも無事みたいでよかった」

「なんとかな。先に気づけたから大事には至らなかった」

「……私もウィルが守ってくれたから怪我一つ負わずに済んだわ」

教室で顔を合わせたレーティアへ無事を伝えると、ほっと胸を撫で下ろす。パーティーの後は無事を伝える暇がなかったから、ずっと心配だったんだろう。城内は慌ただしかったし、もしものことを考えると安易に外部へ情報を流すのは良くないからな。

「ウィルくん、ちゃんと守ってあげたんだね。偉い偉い」

「頭を撫でようとするな。婚約者を守るのは普通だろう」

「その気持ちが大切なの」

「……そうなのか？」

リリーシュカに聞くと言いにくそうに「そうね」とだけ返ってきた。塩対応なのは今に始まったことではないが、原因は昨日のことだろう。自分から一方的に話を切り上げた手前、どう接していいのかわからなくなっているのかもしれない。

「この辺にしておこう。あまり他に聞かれたい話でもない」

黒幕の手先が紛れ込んでいるかもしれないからな。言葉の裏に隠した意味を二人は的確に汲み取り、別の話題へ移ろうとしたとき。

「――ウィルはいるか」

棘のある男の声が教室に響いた。

声の主を思い浮かべつつも、一応確認する。

長い前髪で右目を隠して眼鏡をかけた長身痩軀の男。羽織ったコートを翻しながら佇む男の肩には学年を示す徽章が五つ飾られていた。

「おい、あれって」

「第五王子フェルズ様よ!!」

「五回生首席と名高いフェルズ様がどうして……」

教室中から聞こえるのはフェルズを讃えるものばかり。

それも当然か。俺みたいな王子が同じ学園にいれば、特に。

俺とフェルズの間で視線を動かすリリーシュカに「大丈夫だ」と小声で伝える。

「何用だ、フェルズ」

あくまで強気に声を上げる。こんなやつに下手に出る必要がない。

「――放課後、サロンにて待つ。以上だ」

フェルズは一方的にそう言い残し、去っていく。

……サロンにて待つ、か。このタイミングで接触してくる王子というだけで怪しむ材料としてはじゅうぶん。警戒は必要だが、情報を探る機会に乗らない理由はない。

「……レーティア。頼みがある」

「任せて」

「まだ何も言ってないぞ」

「フェルズ様と会っている間、リーシュと一緒にいて欲しいってことでしょ？」

話が早いのは助かるが、一切迷いがないのも困る。

「一人で行く気？」

「敵もレーティア……ルチルローゼまで巻き込んだりはしないはずだ」

「わたしは大丈夫だよ」

「……そもそも軽々しく誘いに乗っていいの？」

「普段なら聞き流すところだが状況が状況だ。罠を張るにしてもあからさま過ぎるが、駆け引きは面倒だから乗ることにした」

「面倒って……あなた、自分が命を狙われていることを本当に理解してる？」

周りに聞かれないようにするためかリリーシュカが耳元で囁く。

ちょっとくすぐったいからやめて欲しい。

「なにが起こっても問題ない。学園内なら直接襲われることもないだろう」

「それはそうだけれど……」

フェルズは慎重で狡猾な印象が強い。五回生の首席で魔術も得意としている。取り巻きも多く、争うとなれば数的不利を背負うことになるだろう。とはいえ人の目につく学園内で手を出してくるとは考えにくい。

しかし、学園迷宮なら話は変わる。

あの異界は一種の治外法権。

襲撃者の立場なら事実を闇に葬るのにもってこいの場所だ。黒幕ならどうにかして敵を誘導するだろう。それもこれも全部フェルズが暗殺事件の首謀者である前提だが、怪しさと動機という面では間違いなく頭一つ抜けている。

「大丈夫。ウィルくんはこれでも強いんだから」

「これでもは余計だ」

「だからさ……リーシュ、今日は一緒にお話ししない？」

「……仕方ないわね」

息をつくリリーシュカ。俺の決定に異論を挟む気はもうないらしい。

生半可な相手ではない。僅かな油断でも見せれば痛手を負うことになる。

なんにせよ面倒事に変わりないと思いながら一日を過ごすことになった。

◇

放課後。

やけに豪奢なサロンの扉を叩くと、すぐにフェルズの声が返ってくる。

「俺だ」

「──入れ」

扉を押し開ければ長椅子で紅茶を嗜むフェルズの姿があった。取り巻きの生徒が主人を守るように睨みを利かせている。

「遅い。愚弟、俺をどれだけ待たせる気だ」

「詳細な時間指定はなかったはずだ。自分の手落ちを恨め」

「……まあいい。寛大な措置を与えるのは上位者のみに許される振る舞いか」

ふん、と鼻を鳴らしてフェルズが脚を組みなおす。それを傍目に俺も向かいの長椅子に腰を下ろす。待機していた寮の職員が紅茶の注がれたカップを前に運んで去っていく。

明らかに面倒事の匂いがする場にはいたくないらしい。羨ましいことだ。

「俺をこんな場所に呼んだ理由はなんだ。手短に話せ。面倒事は嫌いだ」

「そのつもりだ。ウィル、魔女との婚約を破棄しろ」

「断る」

即答する。それは無理な相談だ。

俺はリリーシュカを妃として育てると約束した。違えることは許されない。

それに婚約生活を続けなければ王にさせられてしまう。

どうやってもフェルズの申し出を受け入れるわけにはいかない。

「……なぜだ、お前は昔から面倒事を嫌っていただろう？」

「婚約の解消は出来ない。破棄する方が面倒になる」

フェルズの眉が寄る。

真っ向から俺が断るとは思っていなかったのだろう。

同じ王子なら俺が面倒事を嫌っているのは知っている。

「そもそも、なぜあんたが俺の政略結婚を止めようとする？　リリーシュカを婚約者に……という話でもないはずだ」

「……これだから愚弟は。この政略結婚の価値をまるで理解していないな。王になる気のないお前にはどうでもいい話かもしれないが、他の王位継承者は違う」

「勘違いをするな。俺に王を目指す気はない」

「お前の意思など無意味だ。何事もなければ数年、十数年後には現国王による指名継承が行われるだろう。だが、急死した場合——血で血を洗う王位継承戦が幕を開ける。他の王子王女は全て敵だ。『やる気なし王子』などと呼ばれるお前も例外ではない」

随分と血生臭い話題だな。

無駄に健康なクソ親父が急死とかまるで考えられないが……この世に絶対はない。何かしらの事故に巻き込まれないとも限らない。

そうなった場合、フェルズが言うように王位継承戦が幕を開ける。

俺の意思なんて関係なく。

「だからそうなる前にお前は俺を狙う、と？」

俺の出方を窺っているのか。剣呑な雰囲気を漂わせながらも、手を出してくる素振りは見受けられない。決定的証拠がないまま罪を問えば冤罪のリスクも高まる。

「まるで俺がこの前の暗殺未遂事件の黒幕だと睨んでいるかのような口ぶりだな」

どちらにせよ俺の方からは動けない。

「にしても、やはり変わらないな。お前は『やる気なし王子』のままだ。今後のためと思って対話の機会を設けたが、期待外れのようだ——行くぞ」

ため息とともにフェルズは席を立ち、取り巻きの生徒も続いてサロンを出て行った。

一人取り残された俺は頭の中で情報を整理し、サロンを後にする。

「疑わしいことこの上ないが決定的証拠は得られなかったな。紅茶に毒でも仕込んでくるかと思って警戒はしていたが……問題はなかった」

部屋に帰るとリリーシュカの姿はなかった。

レーティアのところにいるはずだが、話が盛り上がっているのだろうか。

それならそれで構わない。

「部屋で一人なのは久しぶりか」

政略結婚をしてからあまり期間は経っていないはずなのに懐かしく感じる。

この部屋、こんなに広くて静かだったのか。

夕食はリリーシュカが帰ってからでいいだろう。

「……慣れたな、俺も。リリーシュカがいることを当たり前に思っている」

ふと、自分の活動へ自然にリリーシュカという存在が組み込まれていることに気づく。政略結婚の前は誰の目も気にすることなく行動していたのにな。

いつ帰ってくるのだろうかと紅茶を片手に本のページを捲りながら待っていたが。

「いくらなんでも遅すぎないか？」

暗くなってもリリーシュカが帰ってこない。髪留めを失くした日と同じくらいの時間で、もしかしたらと不安が重なってしまう。

子どもじゃないんだから過度に心配する必要はないとわかってはいるが……あのレーティアがこの状況で遅くまでリリーシュカを引き留めるとは思えない。

何もなければそれでいいが、状況をいち早く確認するためにレーティアの元へ。寮監に面会を求めると、すぐにレーティアが駆けつけた。

「どうしたの？　こんな時間に」

「リリーシュカが帰ってない。行方（ゆくえ）を知らないか」

「……リーシュとは一時間くらい前に別れたけど」

「っ」

思わず舌打ちが出てしまう。安全策を取るならフェルズとの面会が終わった時点で俺が迎えに行くべきだったか。

「わたしも捜しに行くよ」

「……助かる」

事情を察したレーティアと手分けしてリリーシュカを捜索する。しかし、どこを捜しても姿が見えない。

「入れ違ったか？」

「そうだといいけど……」

レーティアと合流し、淡い希望を抱いて寮に戻る。

だが、リリーシュカの代わりとでも言うように王家の紋章を刻んだ魔動車が止まっていた。

「――ウィル様、お待ちしておりました。至急王城へお越しください」

「悪いが手を離せない」

「行って、ウィルくん。リーシュのことはわたしに任せて」

「…………」

「わたしのことは信じられない？」

正直なところ、どう動くべきか迷った。リリーシュカが姿を消した今、レーティアを一人で残すのは不安がある。とはいえ使者の要請を拒むのも難しい。

「……レーティアはノイのところにいてくれないか。もしもリリーシュカが連れ去られたのだとしたら一人でいるのは危険だ。ノイも事情を話せばかくまってくれるだろう。頼む」

ここでレーティアまで姿を消したら俺は自分を本当に許せなくなってしまう。過ちを犯すのは一度でいい。

「わかった。わたしは学園長のところにいく。事情を話せば協力してくれるはずだから」

「じっとしていて欲しいって言ったつもりだったんだがな」

「超級魔術師（スペリオル）の傍よりも安全な場所はこの世界に一つだけだよ」

微笑（ほほえ）みながら口にして、そっと抱きしめられた。

「大丈夫。リーシュがいなくなったのはウィルくんのせいじゃない。安心して行ってきて」

「……悪い、任せる。無理はするなよ」

いつぶりかの焦燥感に駆られながらレーティアに見送られ、魔動車に乗り込んだ。

◇

「クソ親父、用件があるならさっさとしろ」

玉座の間へ入るなり開口一番に告げた。

「待て。リリーシュカ嬢が行方をくらませたことは報せを受けておる」

「…………やっぱり監視がいたか。どこに連れ去られたか知ってるか？」

「学園迷宮だ。覆面で顔はわからず、魔術で撹乱(かくらん)されて追跡も出来んかった」

監視からの情報か？　どうせならその場で連れ戻して欲しかったが、行先がわかっただけでも上等だ。あとは自分で追える。

「わしの話はまだ終わっておらぬぞ」

「……リリーシュカの行方以外にまだあると？」

クソ親父は頷(うなず)いて懐(ふところ)から出した一通の手紙を渡してくる。

「つい今朝のことだ。わし宛てに一通の手紙が届いた。差出人は魔女の国ヘクスブルフが大魔女、リチェーラ・ニームヘイン。内容は政略結婚の破棄についてだった」

告げられた内容に俺は少なからず驚く。

「……婚約破棄？　なぜ今になってそんなことが」

「手紙によるとリリーシュカ嬢からの要望のようだ。政略結婚を続ければクリステラに悪影響を与える――と」

「…………」

どういう意図で政略結婚の破棄を申し出たのかは推測の域を出ないものの、暗殺の件で自分がいなければ――とか考えたのだろう。だからって婚約破棄は安直が過ぎると思うが。

「ヘクスブルフは判断をこちらに任せるとのことだ。また、婚約破棄をする場合は相応の賠償をするとも」

政略結婚は二国の友好的な関係を内外へ周知させるためだ。そして婚約破棄をヘクスブルフから打診した場合、その分の賠償をするのは当然の措置ではある。

「おぬし、もしや嫌われておったのか？」

自信をもって好かれているとは言わないが、極端に嫌われていないとも思う。どちらにせよ今となっては確認のしようがないことだ。

「婚約破棄についてだが――ウィル、おぬしが決めろ」

「……俺が？」

「断れば政略結婚の話はなくなり、クリステラはその分の賠償をヘクスブルフへ請求する」

「婚約破棄した場合、俺を王にするって話はどうなる」

「ウィルは婚約破棄をされた側。その責をおぬしに問う気はない」

政略結婚もしたくない、王にもなりたくない俺にとってはいいことずくめの話だ。ここで俺が頷けば婚約破棄が成立し、自堕落で平坦な俺だけの日常に戻れる。

「リリーシュカは学園迷宮に連れ去られたんだよな」

「報告によると、な」

「ここで俺が婚約破棄を承諾した場合、リリーシュカの身柄はどうなる」

「どうにもならん。婚約破棄をした時点でクリステラ王家とは関係のない、ただの留学生の立場になる。学園……特に迷宮は自己責任の場。自分で自分の身を守れぬ学生は年に何十人と消えている。リリーシュカ嬢の身の安全をクリステラとして守る理由はない」

クソ親父の言葉は至極真っ当な意見だ。

だが本当にそれでいいのか？

答えは決まっている。

いいわけがない。

やる気なし王子でも譲れない一線は持ち合わせているつもりだ。せめて、本人の口から理由を聞かなければ納得できない。

「——悪いが、今は婚約破棄を断らせてもらう」

「ほう？　なぜだ」

「約束事を途中で放り投げるのは俺の信条に反する」

リリーシュカを最高の花嫁に育て上げると約束したが、未だ果たされていない。俺は確かにやる気はない。けれど約束したからには最後までやり抜くくらいの気概はある。

あと……リリーシュカはレーティアの友人だ。こんな形で友人がいなくなったと知れば酷く悲しみ、俺のせいなのに必要以上に自分を責めるだろう。そんな姿は見たくない。

「……やはり変わったな、ウィル。やっとやる気になったか？」

「違う。やる気はとうに枯れている。これは心の平穏を取り戻すために必要な行いだ。俺の選択で婚約者が行方不明なんて、思い出してはため息をつくような過去はいらない」

リリーシュカがいなくなって焦ったのは認める。だが、覚悟さえ決めたならこの程度のことでやる気を出す必要性はない。切るべき札はもう持っている。

俺がやるべきことは三つ。

リリーシュカを連れ帰る。

攫ったやつは二度と同じことが出来ないようにする。

婚約破棄の理由を直接本人から聞き出す。

日の出前には始末をつけるとしよう。

面倒だが、禍根を断つには絶好の機会だ。

「おぬしが決めたのならば、わしは何も言うまい。――クリステラ王国第七王子ウィル・ヴァン・クリステラに命ず。必ずリリーシュカ嬢を連れ帰れ」

「――誇り高きクリステラの名に懸けて、全身全霊を以って王命を遂行いたします」

「後始末はわしに任せよ。愛すべきバカ息子のためだからな、気にせんでよい。もし礼をしたいのなら早く孫の顔を見せよ」

「いい話で終わりかけたのに一言多いんだよクソ親父」

第七章 ◇ 二人ならどこまでも

「っ………ここ、は」

微弱な揺れと鈍い頭痛で目を覚ます。目の前には岩壁に取り付けられたランタン型の魔力灯。それがいくつも照らす狭い空間で、無造作に硬い地面に寝かせられていた。

縄で縛られた足。背に回された手には蒼白い金属製の手錠が嵌っている。

どうしてこんなことに……と私は何があったのか記憶を掘り起こす。

ウィルがフェルズと会っている間、私はレーティアの部屋にお邪魔していた。つい話が盛り上がり、暗くなるまで話し込んでしまった。その後、急いで寮へ帰る間に、背後から迫った何者かが私の口元に布を押し当てたのだ。

恐らく魔睡蓮から抽出したエキスね。どこかの授業で匂いに睡眠誘発作用があると教えられたし、何十倍にも希釈したそれの匂いを嗅いだこともあった。甘さを伴った不思議な香りが特徴的だったから覚えている。

私は抵抗する間もなくすぐに意識を失って……目覚めたらここにいた。

「目が覚めたようだな『氷の魔女』」

「………フェルズ」

「様を付けろ、忌まわしき魔女め」

私のことを見下ろす影をランタンがぼんやりと照らす。そこには眼鏡をかけた険しい表情の男——第五王子フェルズ・ヴァン・クリステラがいた。

……やっぱりウィルと私を狙っていたのはこの人だったのね。

今すぐにでも氷漬けにして——っ⁉

「魔力が、拡散する……っ⁉」

「魔封銀の手錠だ。周辺の魔力を拡散させる効果がある。罪人の魔術師を捕縛する際にも使われるが……まさか自分が使われる立場になるとは思ってもいなかっただろう？」

嗤笑を浮かべるフェルズ。なんど魔術を行使しようとしても発動には至らない。魔力を奪われた魔術師なんてただの人。当たり前の事実を突きつけられ、思考に空白が生まれる。

……ダメよ、私。

諦めるのは私が私自身の弱さを認めること。

そんな自分を、私は許せない。

「こんな場所に連れ込んで私をどうするつもり」

「お前は餌だ。目障りな第七王子を排除するための、な」

「……私を連れ去ればウィルが捜しに来ると本気で思っているの？」

「政略結婚の裏で何かしらの取引があったのだろう？　でなければ愚弟と言えど、お前のような魔女と婚約するはずがない。奴が自発的に行動するなどあり得ん。だからこそ、お前は餌として機能する。俺はそう判断したまでだ」

「………もしもウィルが私を見捨てたとしたら？」

口にしてから自分の声が震えていたことに気づく。……まさか、私はウィルが助けに来てくれることを期待している？　私の方から政略結婚の解消を国に求めたのに？

ダンスパーティーの翌日にヘクスブルフ――大魔女宛てに一通の手紙を出した。内容はウィルとの政略結婚を解消して欲しいという要請だった。

月日がどれだけ経っても私は国を混乱に陥れた『氷の魔女』で、そのせいでウィルにも迷惑をかけてしまった。なのにウィルは私を変わらず婚約者として扱おうとした――してくれた。

ダンスはまだ下手なままで、敬語も作法もぎこちない。食事すら緊張しないで出来ているとは言い難い。政略結婚の前に遡れば色々と非常識な真似をしていたと今では思う。

それでもウィルは私を見捨てなかった。

傍にいてくれた。

受け止めようとしてくれた。

――そうしてくれることに、私が耐えられなかった。

だから私は婚約破棄を申し入れた。傷つくのは私だけでいい。

フェルズはしばし考える素振りを見せた後に、酷(ひど)く冷たい目で私を見下ろす。

「目撃者は消す。当然だろう?」

「でしょうね」

「無駄な問答だったな。時に――俺はお前の過去を知っている」

「……そう」

「動揺が浅い。もう諦めたか」

「王子なら私の過去を調べるくらい造作もないでしょう?」

ウィルが知らなかったのは私の過去なんてどうでもいいと思っていたからか、はたまた知っていながらどうでもいいと流していたからか。

どちらでもいいけれど、私としては前者の方が気が楽ね。

「ふん、つまらん。だがな、俺はお前の才能だけは高く評価しているぞ。七年前にヘクスブルフで起こった首都凍結事件……それがたった一人の魔術暴走により引き起こされたなど、誰(だれ)が信じるか」

「……でも、知っているんでしょう? それが紛れもない事実だと」

「ああ。だからこそ俺は一つだけ問う。――お前は神代魔術(プリミティブ)の適格者か?」

心臓を直接摑(つか)まれたかのような衝撃が私を襲った。

「………そんなもの、知らないわ」

「あくまで白を切るか。まあいい」

フェルズが指を鳴らすと、影になっていた通路から続々と足音が聞こえてきて、学園の制服を着た何人もの男女に取り囲まれた。

彼らの顔にはまるで見覚えがない。

「『氷の魔女』……お前を嫌う者は多い。戦争相手だったヘクスブルフからの留学生で、周囲を寄せ付けない圧倒的な魔術の才の持ち主。貴族というのはプライドが高く、自分よりも評価されている下賤の民を許せない。斯くいう俺の手先も魔女を嫌っていてな。しかも魔封銀で魔術が使えず、身動きも取れないとなれば――あとはわかるだろう？」

「……第五王子様が聞いて呆れるわね。私を脅しているつもり？」

「いいや？　脅したところでウィルは来ない。これはただの余興だ。嗜虐心を満たし、有象無象が優越感に浸るための、ありふれた加虐行為」

くつくつと愉しそうに嗤うフェルズと同じく、欲望を隠そうともしない男女たち。

ひう、と引き攣った音が喉元からひとりでに漏れ出す。

フェルズは一つだけ用意された上等な椅子に腰かけ、

「死なせなければ何をしてもいい。服は脱がせてもいいが犯すな。俺の決めごと以外は好きにしろ」

「っ⁉」

彼らへ命令を下すと、空気が変わったのを肌で感じる。

「薄汚い侵略者がっ!!」

「惨めね『氷の魔女』」

「見てくれだけは良い女なんだけどな」

「まあ、精々愉しませてもらうとしよう」

反応は三者三様だったけど、誰にも私を助ける気がないことだけは伝わってきた。

――忘れていたわけじゃない。

私はヘクスブルフの人間で、クリステラの民からすれば侵略者。嫌われて当然の立場なのにこれまで直接的に手を出されなかったのは、私の魔術を恐れてのことだった。

同世代だけじゃなく、学園内の魔術師のほとんどは私よりも格下。返り討ちにあうリスクを取ってまで私に危害を加えるような生徒はいなかった。

だけど魔封銀で魔術が封じられ、手足も動かせない私なんて一方的に加害できる弱者に過ぎない。そして、私をそれとなく守ってくれていたウィルもここにはいない。

ほかならない私が突き放したのだから。

「精々いい声で啼け。愚弟へ届けばいいが――臆病な奴のことだ、いつまで待っても来ることはないだろうがな」

ウィルはきっと助けに来る。

そう、自信をもって言い切れなかった。

そんな私を嘲笑うかのように制服へ手が伸び、ブラウスが乱暴に引っ張られ——バチンっ、と弾ける音が響いた。間を置かずにキャミソールも引きちぎられ、下着だけが覆い隠す薄い胸元へ一同の視線が注がれる。

「っ……最低、ね」

「まだ強がってられるのか」

「状況ほんとにわかってんの？」

「にしてもやっぱ胸はねぇんだな」

「馬鹿、胸は大きさじゃなく形なんだよにわか」

「あァ？　デカけりゃデカい方がいいに決まってんだろ正直になれよ陰気野郎」

「………ほんと男って胸ばかり」

私の胸を見ながら言い合う男子生徒へ女子生徒が冷たい目を向けていた。しかし私の味方というわけではなく、淡々と『風刃』が放たれる。余計な怪我を負わせないためか威力が抑えられていた。不可視の風は二の腕を浅く切りつけ、血を滲ませる程度に留まる。

それでも痛いものは痛い。顔を顰め、せめてもの抵抗として睨みつけるも効果はない。

「さて、と。下も脱がしちまうか」

「やめ、なさいっ！」

「暴れても無駄だぜ。魔力強化もない非力な女の力じゃあ抵抗できないだろ？」

縄で縛られていた足をそのまま動かして振り払おうとする。しかし、力ずくで押さえつけられ、腰からスカートがするりと離れていく。そして、「おぉ……」と欲に塗れた歓声が上がる。

私はもう、どうしていいかわからなかった。

魔術は封じられ、救援は絶望的。羞恥と痛痒、嘲笑だけが与えられ、終わりも見えない。

以前なら「私はこの程度の価値しかない」と諦観して仕打ちを受け入れたと思う。

けれど……私は人の温もりを知ってしまった。

孤独の寂しさを痛感した。

人は独りでは生きられない。

当たり前のことを私はこの歳になってやっと知ったのだ。

「ほら、助けを呼ばないのか？」

「まあ、あのやる気なし王子が来るわけないけどなっ‼」

「来たところでこの人数なら余裕で返り討ちだ」

へらへらと嗤いながら、私への加虐は止まらない。

殴られ蹴られ、限りなく威力を抑えた魔術が私を襲う。炎が肌を焼き、風が浅い傷を刻み、水は嬲るように口へ注がれ続けて呼吸もままならず、土は重石として身体に積みあがる。

私がどれだけ苦悶を滲ませた呻き声を上げようと、彼らの手は止まらない。むしろ火に油を注いでいるかのようにエスカレートしていた。

「ちょっと、こんなに好き勝手やって死んだらどうするのよ。治すから待ちなさい」

そこに女子生徒が割り込み、私に治癒魔術をかける。だが、完全に傷を癒すのではなく、あくまで出血や目立って酷い傷を治しただけに過ぎない。

「これでまた愉しめるでしょう？」

恍惚とした笑みを浮かべながら女子生徒が耳元で囁いた。

この治癒は私を精神的に追い詰めるための手段だ。気づいた瞬間、思考が闇に飲まれたように暗く深く染まり、自我と呼ぶべき何かが落ちていく。

こんなとき、あなたならどうするの……？　面倒だって逃げるのかしら。それとも……あのときみたいに立ち向かうの？

そこまで考えて、気づいた。

私から婚約破棄を申し出ておきながら、ウィルがいる前提で話を進めていたことに。

自嘲気味な笑みが込み上げてくる。馬鹿ね、私。

ウィルが助けに来るはずがないじゃない。突き放したのは私よ？　これで助けに来るのは相当なお人好しだけ。早く淡い希望的観測を捨てて。それで楽になれるってわかるでしょ？

他者に期待せず、孤独に生きる。

そうすれば、楽に――

「けほっ、けほっ…………ウィ……ル」

口に注がれていた水を吐き出し、続いた言葉は元婚約者の名前だった。

繋いだ手の仄かな温もりを思い出せば、止まらなかった。

「――助け、て……ウィル…………っ！」

だけど、返ってくるのは嘲笑の喝采。

「っははは!!　今の聞いたか!?」

「助けなんて来るわけないだろっ!!　ここは学園迷宮のフェルズ様に仕える生徒しか知らないセーフハウスだぜ!?」

「しかも、よりにもよって呼ぶのがやる気なし王子って!!」

ウィルに届くことはない。そんなことはわかってる。

わかっていても溢れた心からの声でさえ世界は無情に掻き消した。

それが自分でも驚くほど――嫌だった。

「嗤わ、ないで」

「……は？」

「ウィルを、嗤う資格は…………あなたたちには……ない」

確かにウィルはやる気が絶望的にない。それでもやると決めたら最後までその意志を貫き通す誠実さと、本人は認めようとしないだろうけれど丸ごと包み込むような優しさがあった。

――あれが■だったのね。

たった数週間の泡沫の夢でも、ウィルと過ごした時間は心に深く刻まれている。

それはなぜか？　私がとうの昔に忘れてしまった感情だったからだ。

気づいてしまえば次々と記憶が溢れてくる。替えの利かない大切な思い出が冷え切った私の心を溶かしてくれた。

失いたくない。終わりたくない。独りはもう嫌だ。■を忘れたくない。

また、ウィルに会いたい。

導き出された結論は自然と腑に落ちて、胸の奥に火が灯る。

それが長いこと湿気ていた導火線に火をつけて、一つの決意を下した。

「――あなた、私が神代魔術の適格者かどうかを聞いたわね」

「…………」

「答え合わせをしてあげる」

希う。

私に神が授けた呪いへ代償を焚べて、奇跡を願う。

即ち、神代の魔術を。

「世界を別つ鍵。結びて奉じ、凍てつく地へ身を捧げよ」

紡ぐ詠唱と共に懐かしさすら感じる鈍い頭痛が広がっていく。

胸を満たす虚無にも似た喪失感と寂寥。ウィルと過ごした日々の記憶が霞み、遠ざかり、徐々に思い出せなくなる。でも、これでいい。

悲しくはない。

辛くもない。

それは、私がウィルに少なからず■されていた証拠だから。

「詠唱、か？」

「聞いたこともないし、そもそも魔封銀があるのに使えるわけがないっ！」

「だったらこの冷気はどこから……」

狭い部屋に染み出した冷気が肌を撫ぜる。私の体温も徐々に下がっていく。吸い込んだ冷気が体内を巡り、意識を明瞭に研ぎ澄ます。

いいえ、違うわね。

代償によって自分が削られ、やせ細っているだけ。

そうだとしても私が止まることはない。

「世界の片割れを捨てし者、どうか嘆くことなかれ。顕現せよ永久の冰界――――」

ぴしり、と零度を下回った空気が軋む。

床には霜、天井からは細い氷柱が早くも垂れ下がっている。

「……ッ!!　総員、『障壁』を展開ッ!!」

フェルズの焦った声が心地いい。

その判断はどうしようもなく遅くて、無意味なことだけれど。

静かに、宣言する。


「『封界凍結』」


魔封銀による魔力の拡散は意味をなさず、私の奇跡は成就する。

部屋には目立った変化はない。あるのは氷像の如く身じろぎ一つとしてしなくなった何人もの人間と、凍えるほどに冷たい空気。彼らが魔術で生み出していた土塊も、水も、炎も綺麗に霧散して、仄かに明るさを放つ粒子として漂うばかり。

魔封銀の機能が停止している間に凍結した手錠と縄を砕く。その間もどこからか地鳴りのような音と揺れが伝わってくるけれど今は無視。

「あなたが凍っていないのは意図して対象から外したからよ。凍っている彼らも死んではいないから安心して。凍傷の心配もない。ただ凍っている、、、、、、だけだから」

「…………馬鹿な。これが神代魔術だとでも言うのか？」

「……私は七年前、ある神から呪いを刻まれた。愛されていた記憶を代償とする神代魔術『封界凍結』。簡単に言えば概念的凍結よ。時間の制止と言い換えてもいいわ」

薄っすらと凍るスカートを穿き直し、肌を隠すように上着を羽織る。その間もフェルズは私が引き起こした惨状を理解できていないのか、狼狽えたように「ありえない」と呟いていた。

「神代魔術……遥か昔、神が世界を統治していた時代に神が用いていた魔術を人間の尺度で測れるはずがないでしょう？」

「だとしても、概念的凍結だと……？　そんなの、どうしろというのだ」

「どうもできない。あなたが目にしているのは神の御業——その再現。少なくない代償を支払う呪いと等価の力よ」

私が支払うリソースは膨大だ。

強がってはいるけれど立っているのがやっと。視界はぼやけて、記憶を失ったことが原因なのか鈍い頭痛が続いている。魔力も相当使ってしまい、身体に力が入らない。

それでも倒れるわけにはいかなかった。

「——大人しく投降しなさい。さもなくばあなたも含めて全員氷漬けにするわ。生きて帰れるとは思わないことね。私はそこまで甘くない」

「……投降、だと？　ふざけるなッ!!」

「っ!?」

フェルズが細剣を携えて飛び込んでくる。魔術で身体強化をしているのか瞬きの間で肉薄されていた。魔術の迎撃——間に合わないっ！

「っ、あ」

「神代魔術がなんだ。この間合いなら剣の方が早い」

お腹を中心に焼けるような熱さと剣身から伝わる冷たさが交互に伝播する。見れば細剣が私の腹部を貫いていて、じわりと赤い血が溢れていた。泣き叫びたくなるほどの痛みに襲われるけれど、もうその体力は残ってなくて掠れた吐息だけが零れてしまう。

咄嗟の判断で急所だけは外した。けれど、瞼が意思とは関係なく降りていく。

神代魔術の行使に加えてこの深手と出血は……本当にまずいかもしれない。

意識が朦朧として感覚の境界線が曖昧に変わった。

「神代魔術も術者が死ねば解かれるのか？」

剣が抜ける。

私を支える唯一のそれがなくなり、身体がそのまま倒れた。

ここで死ぬの……？　頭の中では走馬灯が流れていた。けれどあまりに孤独な記憶の数々に自分で呆れかえってしまう。

どれも一人、独り、ひとり――誰とも交わらない私がいるだけだったはずなのに、ある日を境に一人の男が紛れ込む。黒髪の、いかにもやる気がなさそうな男だった。

そこで、ああと納得した。きっと彼がそうなんだと。

同時に思う。忘れる前の私は幸せだったのだろうと。

今際の際だからか、いつにも増して羨ましい。

もう記憶はないけれど——私を■してくれていたであろう人に、会いたい。

「………ウィ、ル」

淡い期待に手を伸ばした。

いないとわかっていても、諦めきれなくて——


「——ったく、世話が焼ける婚約者だ」

瞬間、部屋へ繋がる扉が蹴破られた。

耳に届いたのは酷く気だるげで、覇気もなく、なのに心の芯を震わせるような声。

霜を踏み砕く音が波紋のように部屋に響く。

「……まさか本当に来るとは思っていなかったぞ、ウィル」

「………どうして」

私はフェルズの言葉でウィルが来たことを知る。

しかも勘違いでなければ……怒っている？

普段の軽薄さに混ざった剣呑な雰囲気。妙に惹きつけられる黒耀にも似た瞳がすっと細められる。けれど、金色に染まった左目に刻まれた眼の紋様に意識が向いた。

まさか、ウィルは私と同じ——？

疑念を抱いた私を差し置いて、黒と金の瞳は真っすぐにフェルズを射抜いていた。

まさか私を助けに来たの？　私の知らない目的でここに来たら、たまたま私がいただけなのかもしれない。けれど、ウィルの顔を見て私の心はどうしようもなく軽くなった。

「連れ去られた婚約者を捜すなんて面倒なことはしたくなかったが――約束したからな」

「約束？」

「お前には関係のない、人生の最後まで付きまとう約束のことだ」

約束と聞いて、私が思い浮かべたのは『花嫁授業』のこと。

――ウィル、私に教えて。あなたの婚約者として必要なことを全部。

そこまではまだ、私の中に残っていた。

だけど……たったそれだけのために私を助けに来るなんて思ってもいなかった。

呼吸が乱れる。

目の奥が熱い。

胸の奥でじんと熱が伝播して、甘い痺(しび)れにも似た感覚が広がっていく。

これはかつての私が失い、望まなくなり、再び手にして手放したもの。

■と呼称するべき感情だ。

◇

魔動車で王城から学園に帰ってきた時には、日付が回る寸前だった。深夜特有の静けさと、いつもより少し冷たく感じる夜風が吹き抜ける。

だが、呑気に休んではいられない。

「真夜中に学園迷宮に潜るのは気が向かないが……今回ばかりは仕方ない。全力でやれば朝までには連れて帰れるだろ」

楽観的な見積もりだとは思わない。学年でも底辺に近い成績の俺が何を言ってるのかと思われるかもしれないが、俺の能力を熟知しているのは俺だけ。

そうと決まれば一旦部屋から剣を取って来て——

「……あ、ウィルくんっ!!　やっと帰ってきたっ!!」

寮に入るなりロビーにいたレーティアが駆け寄ってくる。その隣にはノイの姿もあった。

「やっと来たか」

「レーティアにノイまで……なんで寮にいるんだよ」

「リーシュ、まだ帰ってないんだよね」

「どうしても大人しくしていられないようでな。寮で帰りを待つことにしたのじゃ」

「そうか。俺はこれから学園迷宮に行く。リリーシュカはそこにいるらしい」

「……やっぱりわたしも付いていったらダメ？」

「ダメだ。意地悪で付いてくるなって言ってるんじゃない。俺が行くのはリリーシュカが婚約者だからだ。対してレーティアは言っちゃ悪いがただの友人。公爵令嬢という立場の人間が冒していいラインを越えている」

これは最もな意見であり、レーティアの安全を保障するために必要なこと。それに……俺が本気を出した場合、レーティアでは付いてこられない。敏いレーティアは思考を読んだのかじっと俺を見つめながらも、悔しそうにしている。

「……ウィルくんは優しすぎるよ。そんなにリーシュが大切なんだね」

「やる気がなくとも約束を違えるのは俺の信条に反する。それだけだ」

「それならわたしが言えることは一つだけ。――絶対、二人とも無事で帰ってくること。このまままいなくなったりしたら許さないからね？」

とん、と俺の胸にレーティアの拳が当てられる。

「わかってる。必ず連れて帰ってくる」

「ウィルくん、気を付けてね。本気なら心配ないと思うけど――」

「ああ。行ってくる」

レーティアと別れて部屋に戻り、剣を取って寮を出る。そして、魔術を行使する。

「理を知る賢者は真実を見抜く。虚栄を正し、魔を導く仮初の手」

魔力が熾る。左目の奥がじんわり熱を持ち——世界が七色に色付いたのと並行してリリーシュカを助けに行こうと思っていた気持ちが萎えていく。

ああ、本当に……面倒だ。

苛立ちを抑えるために唇を血が出るほど強く噛み締める。こうでもしないとリリーシュカから完全に興味を失ってしまう気がした。

「未知を求める心は果てへ。既知は須らく我が手の中に」

どこからともなく聞こえた「そんな女なんてどうでもいいだろう?」という声を、かき集めた意思の力で黙らせ、紡ぐ。

俺にだけ許された神の御業を。

「『魔力改変』」

瞬間、溢れた全能感と途方もない虚脱感に襲われる。

何でも出来る気がするのに何もしたくない。矛盾を孕んだ感覚で、俺が至ったのだと理解する。

これこそが俺が子どもの頃に神から押し付けられた呪いであり、この世界を満たす魔力を統べる神代魔術。

「術式改変──『心身統一（トランス）』」

普段なら使えない中級魔術を無詠唱かつ改良しての行使。

一気に身体が羽根のように軽くなる。精神状態もマシになった。魔力消費も問題ない。使ったのは空気中に漂う誰のものでもない魔力がほとんどだ。

今の俺に実質的な制限はない。処理能力が許す限りの魔術を行使可能となる。

「──待ってろ、リリーシュカ」

静かに息を吐き出し、万が一にも忘れてしまわないようにリリーシュカの顔を強く頭の中に思い浮かべながら学園迷宮へ向かった。

◇

正規の門（ゲート）から学園迷宮に入ったはいいものの、リリーシュカを連れ去ったと思われる奴らの痕跡（こんせき）は残っていない。目撃者を減らすために学園の敷地内にランダムで生成される非正規の門を使っているはず。色んな場所にあるそれを仲間内だけで共有し、秘密の抜け道として利用している。

学園迷宮は治外法権……後ろめたいことを隠すには絶好の場所。

だが、今の俺の目を欺くことは出来ない。

「術式改変――『追跡(チェイス)』」

特定の対象を追跡する魔術『追跡』を改変し、リリーシュカだけに特化させて負荷を軽減することで俺にも使用可能な魔術になる。森の中で浮かび上がった淡い青色を帯びた線がゆらゆらと木々の間を縫い、奥へ奥へと続いていた。あとはこれを辿(たど)るだけ。

なるべく直線距離で向かうため、風の力で空を駆ける魔術『風天駆(リールフィン)』を行使。足元に風が渦巻いたのを確認してから跳び上がり、線に沿って空を駆け抜ける。

「……迷宮の空も綺麗なものだ」

頭上に広がるのは星のない、蒼月(そうげつ)だけが浮かぶ夜空。本来なら木々の枝葉が遮(さえぎ)り目にすることのない景色をぼんやりと眺めていると。

――その奥、夜空の向こう側で影が蠢(うごめ)いた、気がした。

「なんだ、今の。気のせいじゃない……よな？」

喉(のど)に小骨が刺さったかのような違和感。胸の内に流れ込んでくるそこはかとない不安に駆られて夜空を注視する。

なにせ迷宮の空間は連続性が担保されていない。この透明な夜の向こう側に、また別の空間がないとは言い切れない。未知の脅威が潜んでいる可能性もあるが寄り道をする暇はない。

空からも自分の感覚からも目を逸(そ)らし、一条の風となって駆け抜ける。

思えば俺が神代魔術に目覚めた日も似たような夜だったな。

魔晶症で苦しんでいたレーティアをどうにかして助けられないかと考えたとき、思い出したのがノイから存在だけは教えられていた神代魔術。しかし「あんなもの望んで手に入らんし、神代魔術とは名ばかりの呪いじゃよ」と言われていたが、当時の俺が縋れるものはそれしかなかった。

治療法が確立していないため魔術や薬による治癒も不可能な魔晶症を治すには、それこそ神の呪いが必要だった。俺は何日も何日もいるかどうかもわからない神へ一心に願い続け――遂に手にした神代魔術『魔力改変』によりレーティアの魔晶症を改善することには成功した。

その代償として好奇心を失い、やる気なし王子と呼ばれるまでになったが後悔はしていない。ノイが呪いとも言っていた神代魔術に頼ることを選んだのは俺。しかも神代魔術を授かるには才能も運も必須で、望みの薄い賭けではあった。それに勝ち、現代魔術では再現不能な力を使えるようになったのに、どうして文句が言えようか。ましてや有効活用しているのだから、俺は逆に神へ感謝しているくらいだ。

考え事をしていると、正面から翼を広げた大鷲の群れが威嚇するように迫っていた。

「邪魔だ」

右手を翳し『魔力改変』で大鷲の魔力循環を乱してやると翼の挙動がおかしくなり、体勢を崩して一体残らず落ちていく。生物は意識するまでもなく魔力が生命活動に関わっている。それを乱せばこの通り、というわけだ。

こんなことが出来る現代魔術は一部の治癒魔術を悪用したときくらいだろう。

さらにそこから飛び続けること数十分。線の終点が見えて来たところで地上に降りる。

「……あの洞窟か。見張りまで立てて御苦労なことだ」

線は洞窟の中へ続いていて、その入り口を守るように二人の生徒が立ち話している姿が目に映った。いや、見張りじゃなく俺にここがゴールだと伝えるためか？

なにはともあれ、リリーシュカはそこにいる。

「草の音がしなかったか？」

「魔物でも出たのかもな」

「いや、第七王子かもしれないぜ」

「それこそ余裕だろ」

なんて言いながら武器を構えてこちらの様子を窺いに来る。緊張感の欠片もない雰囲気なのは自分たちが一層の魔物にも俺にも後れを取ることはないと思い込んでいるからだろう。

実際、舐められるだけの能力しか見せていない。

姿勢を低くしながら茂みを飛び出す。息を呑む二人の反応は遅すぎる。強化された身体能力で叩き込まれた峰打ちが一撃で意識を刈り取った。

「……頭痛が酷いな。使い過ぎたか」

頭を抑えて顔を顰めながら呻くも、洞窟を進む足は止めない。代償がなくても怪しかったやる気が、足を止めたらどうなるかわからなかった。目の前まで来て「やっぱりやめた」とは流石にならないだろうと思っているが、生憎と自分のやる気を信用していない。

洞窟は整備されていて、壁には灯りとして贅沢に魔道具のランタンが吊るされている。こうも高価なものを使っていられるのはフェルズが権威を見せつけるためだろう。俺としては松明を使う時に灯すだけでじゅうぶんだと思うのだが……やはり考えることがわからない。

そんな時、俺の強化された聴覚が微かな声を捉えた。

「薄汚い侵略者がっ!!」

「惨めね『氷の魔女』」

……これ以上ない現状把握の材料をありがとう。

「リンチは好きじゃないんだがな。俺が語るのもどうかと思うが品性に欠けるし、報復が怖いと知らないのか?」

戦争ではよく聞く話だが王国はこれを固く禁じている。理由は俺が言った通り戦争が終わった後も禍根を残すのと、周辺国家や国民からの非難を避けるためだ。

その禁忌をフェルズは犯した。急がなければと足が早まる。

偶然鉢合わせた男は出会い頭に気絶させて突き進む。

途中、奥の方で膨大な魔力の気配を感じ取った。

息が白くなるほどの冷気に眉根を寄せる。

「リリーシュカのものだな」

相変わらずの規模を誇る魔術に感心しつつ、それが普通の魔術ではないことを俺の眼は見逃さない。リリーシュカが俺と同じだとしたら、ヘクスブルフを氷漬けにしたのは魔術の暴走ではない。何もわからないまま手にしたばかりの神代魔術が正常に行使された結果。

だからリリーシュカは魔術の暴走とだけ話し、真実を隠した。

「……やっぱり呪いだな、この力は」

たった一度の行使で容易に人生を狂わせる。それでも生きていかなければならないのだから呪いと称するべきだろう。

遂に突き当たりまで辿り着くが、扉には鍵がかけられていた。

俺は身体強化に任せて扉を蹴破る。

「――ったく、世話が焼ける婚約者だ」

そこには腹から血を流して倒れるリリーシュカがいた。

◇

「…………ウィル……ごめん、なさい」

「喋(しゃべ)るな。傷が開く」

リリーシュカに駆け寄り、怪我を診る。見たところ腹部の傷が一番酷い。他は切り傷や打撲くらいの軽傷。魔力欠乏の症状もありそうだ。

治癒魔術を素人が使うのはあまり良くないが緊急事態だ、仕方ない。

「術式改変――其(それ)は天より滴る命の恵『癒雫(フェーレ)』」

腹の傷の上に手を翳して魔術を行使。半透明の雫(しずく)が傷へ滴り、傷がみるみるうちに塞(ふさ)がっていく。本来の『癒雫』ではここまでの効果を発揮できない。術式改変で治癒力を高め、リリーシュカの魔力と同調させて馴染(なじ)みやすくしている。

「……お前、なんだその魔術は」

「ただの治癒魔術だ」

「そんな治癒力のはずが――ッ！」

フェルズは急に騒ぎ立てたかと思うと、はっと表情を固めながら「……まさか、神代魔術か」と絞り出すように呟いた。

それにつられてかリリーシュカの視線も感じる。驚きよりも納得感と安堵(あんど)の方が強いように見えた。俺が直接答える義理はないだろう。

「……ウィル。どうして来たのよ」

「そりゃあ来るだろ。勝手に婚約破棄されるとこっちが困る」

「…………婚約破棄？」

本当に何のことか理解していなさそうなリリーシュカの声。なんだ？　会話が嚙み合っていない気がする。

……まさか、忘れた？

リリーシュカの神代魔術の代償は記憶なのか？

「確認は後回しか。先にあいつを片付ける」

剣先をフェルズへ。

「クリステラ王国第五王子フェルズ・ヴァン・クリステラ――お前の目的は俺を王位継承戦の前に排除すること。そうだな？」

「…………」

「沈黙は肯定と受け取ろう。まさかあの第五王子様が俺みたいな奴を警戒していたとは、本当に驚きだ」

「……不確定要素は早急に排除して当然。お前が政略結婚に伴ってヘクスブルフからの利益を総取りした場合、勢力図がどう転ぶか不明瞭になる」

フェルズは苛立ちを滲ませながらも答える。プライドが高い分、こうして計画をぶち壊されている現状に耐えられないのだろう。

取るに足らないと思い込んでいた俺が神代魔術の適格者だったのは大きな誤算。こんなことに踏み切った理由も予想がついていただけに驚きはない。

「王位継承戦に備えて派閥を作るとか、そんな面倒なこと誰がするか。学園と婚約生活で手一杯だ。生憎と手のかかる婚約者がいるんでな」

「……手がかかって悪かったわね」

眉を寄せつつ呟くリリーシュカに返事はしない。どうせ怒っていないとわかっているだろうし、いちいち口に出す必要もない。

「俺としてはリリーシュカを連れ帰って今回のことを明るみにしてもいい。流石の第五王子でも同じ王子とその婚約者の暗殺を企て、実際に襲撃も仕掛けたなら罪は免れないだろう」

「……なぜ逃げられる前提で語っている――――ッ!!」

発動寸前の魔術の気配。無詠唱ともなれば魔術の難易度は格段に跳ね上がる。その隠密性は五回生の首席として相応の腕を持っていることが窺えた。

矢継ぎ早に放たれたのは『雷撃（エレクト）』。しかも狙いは俺ではなくリリーシュカだった。この至近距離では回避不能の必中魔術になるが、

「無駄だ」

俺は呆れながら『雷撃』の魔術を『魔力改変』で霧散させる。反撃に備えて魔力循環を常に確認していた俺からすれば不意打ちでもなんでもない。

「魔力が関わる行動は全（すべ）て筒抜けだ」

「…………ッ!!」

「そのうえで、お前に一度だけチャンスをやろう」

精神的な優位を取ったところで告げる。

「俺とお前、一対一の決闘だ。ルールはなんでもあり。決闘中にどちらかが命を落としたとしても一切（いっさい）不問。勝者は敗者の全てを得る。どうだ？」

絶対的な戦力差を見せた後でもフェルズは乗るしかない。

俺はフェルズの追撃をものともせずにリリーシュカを連れ帰る自信がある。そうなればフェルズは自分がした行いが明るみとなり罰を受ける。第七王子の俺とその婚約者であるリリーシュカの暗殺未遂ならば軽くて放逐、重ければ死罪になっても不思議ではない。

絶望と呼べる状況に俺が一本の細い糸を垂らしたとなれば……それが完全に自分を終わらせるための算段であるとしても縋るはず。

「さっさと受けろよ。どうせお前に選択権はない」

「……チッ。いいだろう、受けてやる」

冷静を装おうとしているが、込められた怒りまでは隠せない。

「待っていろ。——リリーシュカ、立てるか？」

「ええ、なんとか……」

ふらつくリリーシュカを支えながら立たせ、壁際へ寄ってもらう。

「ここなら巻き込まれないだろう」

「………本当に、するの？」

「ああ。ここで全部終わらせる。まさか俺が負けるとでも？」

「違う、けど……」

歯切れ悪く言い、少しだけ迷うような素振りを見せてから手を握り、上目遣い（うわめづか）の青い瞳が俺を射抜いた。

「左目の刻印とその色……あなたも神代魔術を？」

「勘違いするなよ。何年も前からの付き合いだ。リリーシュカもやっぱり神代魔術の適格者だったか。風呂（ふろ）から飛び出してきたときに刻印らしきものが胸の下にあったから疑ってはいたが」

「……なんで覚えてるのよ、変態」

至近距離で不満げなジト目が突き刺さり、腹をこつんと小突かれる。

これは口を滑らせた俺が悪いか。とはいえ、俺が覚えていたのはリリーシュカの裸体ではなく、神代魔術師の身体に現れる刻印だけ。

それよりも、とリリーシュカが詰め寄って来て、

「あなたのそれが神代魔術なら、何かを代償に捧げているのよね」

「そうだな」

「それは一体何？　私なんかのために使っていいものなの？」

リリーシュカが真剣な目で訴えてくる。

ここで明かすのはどうかと思ったが影響があるのは俺だけだ。

「代償は好奇心の減退。だから俺は日常的にやる気がない」

「……そうだったのね。まさか髪留めを探すときも使って――」

納得したらしいリリーシュカの問いかけには答えない。あれはリリーシュカのためではなく、俺の疑問を解消するために必要だったからだ。

俺の代償は長期的に作用し、やる気を失ったままの生活を余儀なくされる。初めて使った時は呼吸も食事も睡眠も、おおよそ生きる上で最低限必要な日常動作ですら面倒になり、死の淵を彷徨(さまよ)ったこともあった。

結果的に死ななかったのは事情を知る一部の人がずっと付きっ切りで世話をしてくれていたからだ。髪留めを探すときも使ったが、あの短時間でも回復するのに数日を要している。

だが、俺たちの平穏な将来のためならば支払っても構わない代償だとも考える。元からやる気のない俺からさらにやる気がなくなるだけ。休んでいればある程度までは回復する。

「リリーシュカも使ったんだろう？　何を支払った」

今度は俺が逆にリリーシュカへ問う。到着する直前の魔術――あれは明らかに普通の魔術ではなかった。状況だってそうだ。フェルズの取り巻きらしい生徒は心臓の鼓動も、魔力活動すらも止まっているのに死んではいない。

間近で問い詰めるとリリーシュカは非常に言いにくそうにしながらも、

「……愛されていたと認識している記憶の凍結。それが私の代償よ」

あまりに重い代償を明かした。

俺の好奇心の減退が未来を捨てることに対して、リリーシュカの愛されていた記憶の凍結は過去を捨てる代償。どちらが重いかなど比べられはしない。

けれど、どちらも同じように本来なら捨ててはいけないものだ。

「どこまで覚えてる」

「……あなたに教えられたステップはまだ踊れそうね」

強気に笑って言うものの、俺の感覚では結構な範囲の記憶を失っていた。

なのにこんな顔をする……出来てしまうほどリリーシュカが人に愛されていない状態に慣れていることが、何よりも信じたくなかった。

――政略結婚に愛はいらない。

確かに俺はそう言った。リリーシュカも同意していたが、誰よりも愛を欲していたのはリリーシュカだったんじゃないか？　愛されていた記憶の凍結という代償でそれだけの記憶を失っているのなら、俺といた時間で愛を感じていたことに他ならないのだから。

「リリーシュカの価値は自分で思っているほど低くない」

「………………っ」

「それに婚約者を守れないような男だと思われていたら、いつ婚約破棄されるかわかったものじゃないからな」

俺の手は自然とリリーシュカの頭へ伸び、髪を梳くように撫でる。

「……本当に、ずるいわね」

洟をすすり、涙ぐんだ声が聞こえた。

「信じていいの？　愛を忘れた私のことを。あなたが私を愛してくれることを」

「俺たちは政略結婚で、愛は本来必要ない。建前と虚飾で成り立つ関係性。それでも愛を求めるのなら——まあ、善処するさ。最高の花嫁に育て上げるって約束したからな。愛のない花嫁じゃあ、胸を張って最高だって言えないだろう？」

こんなの約束の範疇を超えている。

それでも口にしたのは俺なりの誠意で、誓いだった。

だが、痺れを切らしたフェルズは凄い形相で俺を睨みながらレイピアを構えている。

「離れてろ。守りながらはやりにくい」

リリーシュカを背に隠す。

本当ならもっと離れて欲しいところだが、狭い空間ではそれも難しい。

「非公式の決闘だが名乗りくらいは上げておこう。——二回生、『第三階級』ウィル・ヴァン・クリステラ。手加減は不要……全力で来い。俺の全てで正々堂々叩き潰すことを約束しよう」

「………五回生、『第七階級（ズィレン）』フェルズ・ヴァン・クリステラ。生きて帰れると思うなッ!!」

名乗りと共にフェルズは身体強化魔術『心身統一』を行使。跳ね上がった身体能力を以って仕掛けてくるのは魔術を絡めた近接戦だった。俺に『魔力改変』がある限り魔術の打ち合いでは敵わないと考えたのだろう。

それは正しいが……俺は普通の魔術よりも剣の方が得意だ。

そして『魔力改変』により無駄をなくした『心身統一』も継続中のため、身体能力には差がほとんどない。ぎりぎり背格好はフェルズに軍配が上がるだろうか。

それらの情報を頭に入れながら鋭い刺突を目視で躱し、勢いをそのままに懐へ潜り込む。

しかし反応も早い。バックステップで距離を取られて牽制の『雷撃』が間髪入れずに飛んでくる。

狙いは足と腹、回避先を読んだのか身体一つ分右。仕留めるよりは動きを制限するかのような魔術の使い方は流石と言わざるを得ない。本来なら左にステップを入れてこちらも牽制しつつ距離を詰めるところだが、全ての魔力現象に対して優位に立てる『魔力改変』がある。

俺は横薙ぎに振り払った剣で『雷撃』を受け止め、

「『雷鳴纏身（レビエンティ）』」

『雷撃』を魔力へ変換。瞬時に雷を纏う身体強化の魔術へと作り変えた。

踏み込みの音が雷鳴の如く響く。地面が罅割れ、洞窟の至る所から嫌な音が聞こえてくる。

それらを一切無視して引き絞った弓のような突きを放つ。

紫電一閃。

雷速の一撃はフェルズの反応を超え、その喉元へ切っ先を届かせ――

「………情けをかけるつもりか？」

怒りを湛えたフェルズの声。

俺の剣は喉笛を貫く寸前でピタリと止まっていた。

「降参しろ。血を分けた兄を殺すのは気が引ける」

正面切っての降伏勧告。正気か？　という視線がフェルズから向けられるものの、状況は正確に理解しているのか反抗する素振りは見られない。

「……俺を生かしておけば後悔するぞ」

「決闘の誓いを破るほど不誠実とは思っていない。仮にも王子だ。外聞は気にするだろう？」

「………チッ。いい気になるなよ。お前が俺に勝てたのは神代魔術の力だ」

「それも含めて俺だ。魔術か剣術だけなら俺の完敗だっただろう」

「……慰めのつもりか？」

「いいや？　俺はこれでもお前のことを認めている」

「――ふざけるなッ!!」

俺は胸倉を掴まれる。

刃が薄く首を傷つけるも、まるで痛みを感じていないかのように激怒した。

「お前たちにはわからないだろうなッ!!　『側室の子だから才能がなくて当然だ』と囁かれ続けた俺のことなどッ!!」

「……何の話だ？」

「幼かった俺には他の王子王女と比べて才能がまるでなかった。勉学、剣術、魔術……どれを取っても誰かの下位互換。俺より年下のお前ですら軽々と飛び越えた」

おもむろに話すフェルズだが、俺にはまるで心当たりがなかった。恐らく話の中の俺は神代魔術の適格者となるよりも前。魔術の楽しさを知り、ノイに教わっていた頃だろう。

「……俺に対して劣等感を抱いていたのか？」

「ああ、そうさ。俺は誰よりも劣った王子だった。……お前がやる気をなくすまでは、な」

「優劣を気にしても意味はない。得意不得意は人それぞれだ」

「周囲へ優れた部分を見せねば誰も後には続かない。俺には王の器が足りなかった。だから磨いた――つもりだった。お前たちのような天才を押しのけて、凡人の俺が王になるために」

俺には全く理解できない話だが、抱える気持ちはわかる。

嫉妬や憎悪から生み出された執着にも似た復讐心、それがフェルズの原動力だったのだろう。

「だが、蓋を開ければ俺はお前の足元にも及ばなかった。皮肉なものだろう？　所詮この程度の器だった。俺みたいな出来損ないで張りぼての王子についてきてくれた者たちすら導けない無能。誰よりも劣っていた王子は俺だ」

「だからどうした」

「……は？」

「お前は王になりたいんだろう？　なら自分を信じろ。お前を信じたこいつらを信じろ。一番簡単なことすら出来ない奴が王になれるわけがないだろうが」

胸倉を掴んでいた手を振りほどく。

抵抗なく離れたフェルズは理解できないと言わんばかりに眉を寄せている。

「剣に優れず、魔に愛されず、学を修めなかったとしても──王が全てを自分で賄う必要なんてどこにもない。必要なのは人を魅了し、統率する才。こいつにならば命を預けても惜しくはないと思わせる姿こそが、王の器だと俺は思うがな」

「………………」

「お前を慕い、尊敬し、付き従う者たちがいたんじゃないのか？」

気絶したままの生徒へ目を向ける。彼らにとってのフェルズは自らを導く旗印だ。先頭が迷っていれば、後をついていく彼らも路頭に迷う。ましてやそれが王位継承戦に備えた派閥であれば一蓮托生なのだから。

「……そう、か」

ぽつりと、フェルズが零す。

「…………どうやら俺は今の今まで何も見えていなかったらしい。これで王になるなどと宣っていたのだから笑わずしてどうする」

「知るか。さっさと降伏宣言をしろ。言質を取らんと帰るに帰れん」

「そう、だったな。──敗北を認める。金輪際、お前たちに関与しないことをここに誓う」

「……ウィル・ヴァン・クリステラの名において、その誓いを聞き入れる」

フェルズは清々しいまでに敗北を認め、俺もそれを受け入れる。

「決闘の誓いを破れると思うな」

「わかっている」

「ならいい」

俺はもうフェルズから興味を失い、背を向ける。すると壁際で決闘を見守っていたリリーシュカがよろよろと近づいてきて、そっと胸に凭れかかった。

「帰ろう。流石に疲れた」

背を摩ると静かに「……そうね」と声があり、倒れそうな身体を二人で支え合いながら洞窟を出ようとして──

「ッ⁉」

突如として現れた途方もないナニカの圧に呼吸が止まった。

皮膚が粟立ち、本能に訴える絶対的な恐怖から一歩も動けないほど足が竦んでしまう。

演習の時に遭遇したヌシなんて比較にならない、意識レベルで纏わりつくかのような粘つく魔力……いや、これは本当に魔力か？

魔力ではあるが吐き気を催すほどに澱んでいて、しかも理由はわからないがあの日——俺が神と名乗る存在と意識の狭間で邂逅したときと同じ気配も僅かに感じる。

『カ、ミ……ミツケ、タ——』

そして、ノイズの混じった老若男女どれともつかない声が脳裏に直接響く。

「……どういうことだ？　神、見つけた？」

「……ウィルも、聞こえたの？」

畏れに声を震わせながらもリリーシュカが口にしたことで、一つの仮説が成り立つ。神が示すのは俺とリリーシュカが保有する神代魔術のことではないだろうか。

だとしたら、この声の主が見つけた対象は——

「いつまで棒立ちでいるつもりだ!!　死にたくなければ今すぐ外に出ろッ!!」

呆然と立ち尽くすフェルズとその取り巻きへ警告を一度だけ促す。それで正気を取り戻したのか、我先にと出口の方へ駆けていく。フェルズだけは辛うじて冷静さを保っていて、一番後ろで腰が抜けて動けなかったり、気を失っている取り巻きの生徒を運び出していた。あっちはフェルズが何とかするだろう。

俺もリリーシュカと揃って洞窟を抜け、不穏な魔力の源泉たる夜天を見上げる。

「……腕、か？」

目にしたものを理解できないまま、浮かんだ思考が垂れ流された。

見た通りに語るなら骨が浮かび上がるほど瘦せ細っている腕だ。血管のように魔力らしき何かが脈打っている。腕から繫がる手も似たような状態で、指のつき方は左手のそれと同じ。樹齢何百年の樹木にも匹敵するような高さと太さを除けば、人間の腕と変わりがない。

だが、あの腕は人間のものであるはずがない。ましてや迷宮の空から降りて来る、邪悪を煮詰めたかのような気配をまき散らす代物。絶対に碌でもないと一目でわかる。

しかしあまりに衝撃的すぎたためか、俺は眉唾物だと思っていた伝承を思い出す。

「原初の魔王の話を知っているか？」

「……大昔の神々が各地の迷宮に分割した原初の魔王の肉体を封印した、おとぎ話のこと？」

「ああ。空に浮かぶ明らかにおかしい腕、恐らく俺とリリーシュカにだけ聞こえた声……それが示すのが神代魔術なら関連性があってもおかしくはない」

「…………仮に、よ。もし本当にあなたの想像が真実だったとしたら、おとぎ話は実際に遠い過去に起こった出来事で、あの腕は神々が封じたとされる原初の魔王の左腕になるけれど」

「本当ならさぞかし神様ってやつを恨んでるだろうな。で、俺とリリーシュカはその神とやらから力を押し付けられた人間。狙う理由としてはじゅうぶんじゃないか？」

「冗談じゃないわね」

張り詰めた声音のリリーシュカに同意する。

「出来ることなら逃げたいが」

「逃がしてくれると思う？」

「あんなにやる気満々なのに逃げ切れるわけがない。腹を括るしかなさそうだ」

自己犠牲の精神ではない。冷静に戦力を比較した結果だ。逃げられるとも思えず、かといって真正面から戦ったところで普通なら勝ち目がない。

しかし俺とリリーシュカには常識外れの魔術が――神代魔術がある。

問題があるとすれば、いかなる時も平等に対価を徴収していく代償だけ。

「……この歳で身の回りの世話をされるのはしんどいな」

俺が初めて『魔力改変』を使ったときは、酷い無気力状態に陥った。加減を知らなかったとしても、後にも先にもあれ以上の退屈は存在しない。

あの腕と戦うのなら、再びそうなる可能性を覚悟しなければならない。

憂鬱に呟く俺の隣で、リリーシュカが声を重ねる。

「どうせ私が傍にいるわ。あなたの同居人で……婚約者だもの」

「リリーシュカまで付き合う必要はないぞ。俺が時間を稼ぐ間に逃げられるかもしれない」

「馬鹿にしないで」

ぴったりと身を寄せて抱きついてくる。胸元に銀糸で覆われた頭が押し付けられた。

「――私は私の意思でウィルといたいのよ。たとえここで死ぬとしても、私を愛してくれていたあなたを見捨てて自分だけ逃げるなんて絶対に嫌。忘れられない後悔なんていらないわ」

冷たく突き放すかのような鋭い言葉。しかし秘められた想いは熱く、俺を一人にはさせない確固たる意志が伝わってくる。

「政略結婚に愛なんて必要ない……そう言っていたのと同一人物とは信じられないな。心変わりのきっかけでもあったのか？」

「覚えていないからわからないわ。でも、私は愛されていた記憶を――ウィルと過ごしたはずの時間を失った。それが動かぬ答えだと思わない？」

真偽を問うべく間近で俺を見上げるリリーシュカ。長い睫毛を瞬かせながら、じーっと視線は真っすぐ俺から外さない。一見平然としているように見えたが、陶器のように白いはずの頬は夜闇でも判別がつくくらい赤く染まっていた。

「――私はもう代償を恐れない。私を愛してくれる人が、こんなに傍にいるんだから」

「愛してると明言した覚えはないんだがな」

「私がそう感じていたことを、あなたが覚えていてくれればいいのよ。だって、私は忘れてしまうもの。あなたの存在が私への愛を肯定してくれる」

「随分重い信頼だな。だが……その重さが枷になるのなら、半分くらいは背負ってやる。だから一つ誓ってくれ。絶対に、なにがあっても手を離すな」

「誰にものを言っているのかしら」

ふふ、と不敵に笑ってリリーシュカは身体を離す。右手は繋いだまま、その先へ連れ出すかのように軽く引く。

「私はヘクスブルフの誇り高き魔女――『氷の魔女』よ？　そしてあなたは私が愛した婚約者。死が私たちを別つ日が来たとしても、私があなたの手を離すことはないわ」


本当に、なんて面倒で重すぎる楔だろうか。

嫌々引き受けた政略結婚なのに情が湧いて、気づけば婚姻の誓いじみた言葉を交わすことになるとは……人生何があるかわかったものじゃない。

ただ一つ確かなのは、この先の未来を手放したくないと思えていることだけ。

話が纏まったのはいいが、俺たちは長話をしすぎたらしい。

遥か上空を悠然と漂っていた左腕が形を変える。指が緩慢に折りたたまれ、人差し指だけが地上――俺たちへ差し向けられた。

その指先に膨大な魔力が充塡されるのを『魔力改変』で感知する。

指先の魔力が極彩の光を放ちながら膨れ上がり、射出された。

受け止められる魔術師は世界を探してもそういないと確信できるほどの圧を肌で感じる。だが、一切の畏れがないことを自覚して笑みがこぼれた。

鉛のように重く感じる脚で一歩を刻む。また一歩。リリーシュカを背に隠して、あと数秒で直撃する魔力の帯を正面に見据える。

「術式改変——『障壁』」

行使したのは魔力の壁を生み出すだけの無属性魔術『障壁』。俺とリリーシュカを保護するかのように半透明の壁が球体状に展開される。通常の『障壁』では紙切れ同然の防御にしかならないだろう。

だが、『魔力改変』で全ての魔力を手中に収める俺ならば——ッ!!

瞬間、極彩が視界を埋め尽くした。

音はなく、光だけが溢れる中で、繋いだままの手の冷たさと細くも柔らかな感触が鮮明に伝わってくる。

代償で虚無感に苛(さいな)まれていても、孤独ではないと知れるだけで心は羽根のように軽かった。

「はあ……っ、原初の魔王も、大したことないな」

遂に視界が開けた。肩で息をして、鼓舞するように啖呵(たんか)を切る。流石に永遠には続かないらしい。

しかし、安堵するには早すぎる。

全身に感じる鋭い痛み。身体が魔力処理の負荷に耐えられず、皮膚が裂けて出血していた。この程度の被害で防げたのなら上出来だ。

俺の『魔力改変』は魔術を改良するだけではない。本質は魔力を操ること。魔力は至る所に存在しているのだから世界を統べるに等しい。光線を防ぐことが出来たのも、被弾する傍から光線の魔力を『障壁』の耐久度へ変換していたからだ。

もちろんこの防御も完全ではない。俺が代償か魔術の処理に耐えられなくなればそれまで。だとしても、負ける気は爪の先ほどもなかった。

そんなことを思っていると、身体が温かな感覚に包まれる。治癒魔術だ。リリーシュカが繋いだ手を介してかけてくれているのだろう。

「助かる」

「ただの応急処置よ。守るとか治すとか、そういう魔術は苦手だから。それよりも……耐えるだけじゃ倒せないわよ？」

「策と呼べるほど上等ではないが、案はある。見たところあの腕は超密度の魔力の集合体だ。魔力であるなら『魔力改変』でどうとでも出来る。問題は」

「あの腕までどうやって近づくか、よね？」

先んじて俺が考えていたセリフを口にしたリリーシュカに視線だけで応える。

腕の場所まで飛ぶだけなら出来なくもないが、同時に防御もこなすのは俺の処理能力の限界を超える気がする。

「私が連れていくわ。『封界凍結』の概念凍結ならいくらでも足場は用意できる。あの腕の動きも、攻撃も止められるはずよ」

「それでいこう。くれぐれも――」

「無茶をしないのはあなたも同じ。必ず二人で生きて帰るんだから」

「……そうだな」

頼もしい台詞(せりふ)へ無意識に笑みを浮かべながら、リリーシュカが紡ぐ詠唱を聞き届ける。それは過去を代償として、未来へ繋げる決意の表れであるが故に。

空間が軋み、薄っすらと冷気が森に漂い始めた。周囲の気配の変質と並行して、薄水色の膨大な魔力がリリーシュカから波紋のように放たれる。初めて間近で見た自分以外の神代魔術に少なからずの興奮を覚えてしまう。

目の前に薄青色の魔力が集結し、天へ向かって道を成す。

「不思議な感覚ね。孤独を強いられるはずなのに、隣にはあなたが変わらずいるなんて」

「俺たちをお似合いだと称したやつらは案外間違っていなかったのかもしれないな」

「……きっと、こんな私の手を取ってくれる物好きは世界中を探してもあなたくらいよ」

こんな状況じゃなければ真意を探りたいところだが、生憎と時間がない。リリーシュカの手を引いて、目の前の道を駆けていく。

重なる二つの足音。今にも倒れそうな意識を必死に繋ぎ止めながら、天へと続く花道を突き進む。

ソレも俺たちを打ち落とそうと膨大な魔力の弾を乱射してくるが、リリーシュカが腕を払うと魔力の弾が空にピタリと縫い留められた。それを俺が『魔力改変』で霧散させ、煌めく粒子が星のように飛散する。

言葉を介さないまま、完全に呼吸が噛み合っていた。

互いを理解したからこそ最小限で最大の効果を発揮できている。

一人では無理でも二人なら――リリーシュカとなら、どこまでも行けそうな気がした。

前だけを見て走る。左右も、後ろも気にしなくていい。

ソレが放つ攻撃は息を合わせて迎撃し、限界を超えていると自覚しながらも止まらない。

やがて俺たちは手の届く場所にまで駆け上った。

リリーシュカと揃って手を翳し、

「これで――」

「終わりだッ‼」

冷気が巨大な腕を包む。時間を切り抜いたかのように動きを止めたソレに直接触れる。『魔

力改変』で巨大な腕の分解を試みた。

「っ」

瞬間、流れ込んでくる情報量に酷い頭痛を覚えた。苦悶の声が思わず漏れる。しかし、俺の意識を繋ぎ止めるかのような冷たさが思考に割り込んだ。

──ああ、やってやるよこれくらい……ッ!!

「っ、らああああああああぁぁぁぁぁぁぁあああああッッ!!!!」

籠(こも)った熱もろとも吐き出せばさらにギアが跳ね上がり、永遠にも等しく引き伸ばされた時間が光のように過ぎ去っていく。

──瞬きの後、世界が再び動き出す。その頃には全ての魔力を分解し終え、莫大(ばくだい)な量の魔力の粒子が夜空へ解き放たれていた。

『──カミ、ヨク、モ…………』

遅れて脳裏に響く声。やはりあれが本体ではないのだろう。

だが──今は、脅威を退けたことを喜ぶべきか。

「……終わったの？」

「……恐らくな。気になることは山積みだが考える気力がない。消耗しすぎて倒れそうだ。リリーシュカは？」

「あなたよりはマシよ。辛いことには変わりないけれど」

「はー……ったく、これからの数日を考えると気が滅入る。好きで人様に迷惑かけたいわけじゃないんだがな。アレばかりはどうにもならん」

「私を頼ったらいいじゃない」

「……いいのか？　相当迷惑かけることになるぞ」

「いいのよ。お互い様だし……頑張ったならご褒美が必要でしょう？」

妙に優しいリリーシュカの様子に一抹の不安を抱く。しかし、持ち前の適当さで思考を放棄したところで、一つだけ聞かなければならないことを思い出す。

「そういえば、婚約破棄をした理由ってなんだったんだ？　手紙にも書かれてなかったが」

すると、リリーシュカはきょとんと目を丸くした。そして、手を口元に当てながらくすりと笑う。

「忘れたわ」

「はあ？」

「だから、忘れたの。忘れるくらいの理由だったのよ」

月明かりが照らすリリーシュカの頬は赤く、どこか誇らしげだった。

Epilogue

「——なさい。起きなさい、ウィル」

身体を揺すられ、意識が浮上していく。

名前を呼ばれていた気がした。面倒だと思いながらも、無視すればさらに面倒なことになるとここ数日で理解していた俺はゆっくりと瞼を上げる。

「…………頬を突くのはやめてくれ、リリーシュカ」

ぱっと白む視界。手を伸ばせば届く距離に垂れている白銀の髪を辿る。なにやら俺の頬を指で突きながら、楽しげに微笑んでいるリリーシュカの顔があった。

「いいじゃない。減るものでもないでしょう?」

「俺の精神が擦り減る」

「私は楽しいから問題ないわね」

駄目だ、まるで話を聞く気がない。

「……どういう風の吹き回しだ?」

「頑張ったあなたへのご褒美と、私なりの感謝よ。こうなったのは元を辿れば私のせいなんだから。代償で日常生活すら危ういあなたを放置できるわけないでしょう?」

「…………とりあえず頬を突くのをやめろ」

「意外と柔らかくて癖になっちゃったのよね」

――数日前、俺はフェルズとの決闘に勝利し、謎の腕も退けた。

問題はその後。

俺は『魔力改変』の代償により好奇心が減退し、日常生活すらままならない日々が始まった。下手をすれば不眠、脱水、餓死と命の危険にすら繋がる代償は健在で、今回も例外ではなかったのだが、ほぼ付きっ切りで世話をしていたのがリリーシュカだ。

食事はもちろん着替え、睡眠、風呂、排泄に至るまでリリーシュカは手を尽くし、一時たりとも俺から目を離そうとしなかった。羞恥は感じていただろうし、それは俺も同じだ。

「自分でなんとかするつもりだったんだがな……」

「無理ね。あなたはいくらなんでも使いすぎよ。私も神代魔術の適格者なんだからわかるに決まっているでしょう?」

馬鹿ね、と言いつつも子どもをあやすかのように頭を撫でてくるリリーシュカ。

……ほんと、どうなってるんだこれ。

あの一件以来、ある期間の記憶を失っているはずのリリーシュカは、人が変わったみたいに優しい一面を見せることが増えた。失った分の時間を取り戻そうとしているのだろう。

リリーシュカの代償は愛されていた記憶の凍結。記憶を失ったことから逆算して、リリーシュカは俺から愛されていたのだろうと結論を出したのだ。俺からすれば身に覚えのない感情ではあるのだが、否定する気は起きなかった。

リリーシュカが求め続けたもので、奪われ続けた感情だからだ。

だからこの数日はリリーシュカにされるがままだ。会話にも積極的で、今のように接触も多い。害虫を見るような目を向けていた人物と同じとは思えない。

『氷の魔女』の名が嘘のようだ。

「……ここまで手を尽くさなくてもいいんだがな。授業に出ろよ。成績落とすぞ」

「あなたに言われたくないし、成績なんて後でどうにでもなるからいいのよ。今はウィルの傍にいたいの。少しずつでもあなたへの想いを取り戻したい。言葉を交わして、触れ合って、同じ時間を共有する。この数日、大変だったけれど楽しかったわよ？」

またしても微笑み、頬がそっと指で押される。

とてもじゃないけれどこの流れでやめろとは言えない。

「私とウィルは政略結婚。愛なんて必要なくて、お互い迷惑をかけずにやっていければいいって思っていたけれど……あの件で考えが変わったわ」

さあ起きて、とリリーシュカが俺の上半身を起こし——そのまま抱き締められた。

突然のことで、ぼやけたままの頭では碌な反応もできない。引き剝がそうという気力すら湧いてこない。

ここ数日は色々とされるがままで慣れたのか？

伝わってくる眠気を誘う温かさと、包み込むかのように柔らかな感覚。鼻先を掠めた銀髪から香るほのかな甘さが鼻孔をくすぐる。

「あなたが助けに来てくれて、泣きそうになるくらい嬉しかった。記憶を失ったことであなたに愛されていたことを自覚した。あなたは私を見ていてくれた」

「……婚約者だからな」

「理由なんてこの際なんでもいいの。私はあなたと一緒にいたい。愛を忘れた私が信じていたあなたを、私にも信じさせて欲しい」

……こういうとき、優しい奴は無言で抱き締め返すんだろうな。それで「俺も信じるよ」なんて愛を孕んだ言葉を囁くんだ。

でも、俺はやる気なし王子。期待されても重いだけで、信じられても応えられるだけの能力もやる気もない。こんな王子を押し付けられたリリーシュカには心から同情する。

だとしても――これが愛されるということなのだとしたら。

「後悔しても知らないからな」

「後悔なんてしないわ。勝手にあなたを信じているだけ。一番傍で支えられるようにね」

「……精々愛想を尽かされないようにするさ。婚約者がいなくなって困るのは俺だ」

「大丈夫よ。私はどこにもいなくなったりしない。こんな私を愛してくれる人なんて世界にあなただけなんだから」

耳元で囁かれた直後、頬に柔らかく湿ったものが当てられる。

それがなんなのか察せられないほど鈍感ではない。

その上で「面倒だ」と思ってしまう俺は婚約生活には向いていないんだろう。

けれど、ぬるま湯のように安らぐ日々を、どこか愛おしく感じているのだった。

あとがき

はじめましての方も、お久しぶりの方もいるかもしれません。海月くらげです。

本書で書籍四冊目の刊行となりました。前作の『優等生のウラのカオ』からは期間が空いてしまいましたね。もっと書籍を出せるように頑張ります。

今回は個人的にラノベと言えばこれ！　というイメージがある学園ファンタジーです。

本作は熱いバトルと甘いラブコメの二本立てとなっています。……なっていましたよね？　なっていなかったら学園迷宮に埋めてもらっても構わないよ。

政略結婚から始まった、やる時はやるウィルとクールなリリーシュカの行く末はどうなるのでしょうか。いつかデレデレになるんですかね？　最後のはボーナスタイムなのでカウントしないことにして、楽しみにしておきましょう。

……とまあ、埋める云々は冗談として、そんな感じのテンションで進めていく本作を応援していただけたら嬉しいです。

以降、謝辞になります。

担当編集者のなかむー様。『優等生のウラのカオ』から引き続き本作を担当していただき、ありがとうございます。なんとか書籍刊行までこぎつけたのはなかむー様のお陰です。お手数おかけするかとは思いますが、今後ともどうぞよろしくお願いいたします。

夕薙（ゆうなぎ）先生。本書のキャラクターを素晴らしいイラストで彩っていただき、ありがとうございます。特に表紙のイラストを頂いた時、ウィルが想像をはるかに超えるかっこよさで驚きました。もっと色んなイラストを見られるように頑張ります。

そのほかＧＡ文庫編集部の皆様、営業担当様、校正様、印刷所の皆様、本書を並べていただいている書店様、そして本書を手に取っていただいた読者様、本作の制作に携わっていただいた全ての方に、心からの感謝を。誠にありがとうございます。

また次巻でお会いしましょう。

ファンレター、作品の
ご感想をお待ちしています

〈あて先〉

〒106－0032
東京都港区六本木2－4－5
SBクリエイティブ（株）
GA文庫編集部 気付

「海月くらげ先生」係
「夕薙先生」係

本書に関するご意見・ご感想は
右のQRコードよりお寄せください。

※アクセスの際や登録時に発生する通信費等はご負担ください。

https://ga.sbcr.jp/

本書は、カクヨムに掲載された
「やる気なし天才王子と氷の魔女の花嫁授業」を
加筆修正、改題したものです。

マリー・ベル

やる気なし天才王子と氷の魔女の花嫁授業

発　行　　2023年12月31日　初版第一刷発行
著　者　　海月くらげ
発行人　　小川　淳

発行所　　SBクリエイティブ株式会社
〒106−0032
東京都港区六本木2−4−5
電話　03−5549−1201
03−5549−1167（編集）

装　丁　　AFTERGLOW

印刷・製本　中央精版印刷株式会社

ISBN978-4-8156-2030-1
Printed in Japan　　GA文庫

第1位
お隣の天使様にいつの間にか駄目人間にされていた件
著／佐伯さん
画／はねこと
第5位
新作3位
透明な夜に駆ける君と、目に見えない恋をした。
著／志馬なにがし
画／raemz
このライトノベルがすごい！2024
（宝島社刊）
GA文庫から続々ランクイン!!!
第12位
新作8位
不死探偵・冷堂紅葉
01.君とのキスは密室で
著／零雫
画／美和野らぐ
第11位
ダンジョンに出会いを求めるのは間違っているだろうか
著／大森藤ノ
画／ヤスダスズヒト

落第騎士の英雄譚（キャバルリィ）19

GA文庫

著：海空りく　画：をん

「では『母体』から不要なステラ・ヴァーミリオンの人格を削除する」

『完全な人類』を生み出すための母体として、《大教授（グランドプロフェッサー）》カール・アイランズに拉致されたステラ。彼女を救うべく、一輝と仲間たちはアイランズが待ち受けるラボを急襲する。しかし、なみいる強敵を斬り払って囚われのステラのもとにたどり着いた一輝たちを待っていたのは、残酷な結末だった。

《落第騎士（ワーストワン）》一輝と《紅蓮の皇女》ステラ。剣で惹かれ合った2人、その運命の行方は——!?

「——僕の最弱を以て、君の最愛（あこがれ）を取り戻す!!」

最終章クライマックス！　超人気学園ソードアクション、堂々完結!!

S級冒険者が歩む道2 ～パーティーを追放された少年は真の能力『武器マスター』に覚醒し、やがて世界最強へ至る～

著：さとう　画：ひたきゆう

GA文庫

王国中を震撼させた最上級ダンジョンのスタンピードを防いだハイセ。かねてからの目標であった禁忌六迷宮の攻略へ動き出すが、その折とある格闘家の少女に戦いを挑まれる。

名はヒジリ。史上最年少でＳ級まで駆け上がった、もう一人の最強と呼ばれる冒険者で――。

そして、始まる禁忌六迷宮攻略。ハイセは砂漠の国の地底に広がるデルマドロームの大迷宮、サーシャ一行は極寒の国に広がる世界最大の湖・ディロロマンズ大塩湖に挑む。前人未踏のダンジョンを攻略せんとする二人の命運は――？　逆境から始まる異世界無双ファンタジー、第2弾！

魔女の旅々 学園物語

著：白石定規　画：necömi

ここは、学園セレスティア――。

「そう、私です！」

なぜか女子高生になったイレイナをはじめ、『魔女の旅々』のキャラクターたちが集う高校です。仲良くみんなで登校したり、空腹のあまり人格が豹変したり、フラン先生とシーラ先生が体育倉庫に閉じ込められたり、夢の中で「灰の魔女」と出会ったり、イレイナのお家に同居人が加わったり、人気女優と雨宿りバトルを繰り広げたり、アヴィリアが一番くじにドハマりしたり、謎の脅迫状が届いたり、音楽祭にガールズバンドで参加したり……。

「魔女旅」学園パロディが満を持してシリーズ化!!